그럼에도 나는, 아주 예쁘게 웃었다。

그럼에도 나는, 아주 예쁘게 웃었다.

이곳이
싫어 떠난
여행에서

어디든
괜찮다고
깨달은

순간의
기
록

봉현

김영사

프
롤
로
그

이 이야기는 13년 전 나의 이야기다. 돌아보니 인생에 두 번 다시 없을 반짝이던 시절, 2년 동안 세계를 떠돌면서 남긴 스물 몇 권의 스케치북을 다시 들여다보며 글과 그림을 다듬었다. 그때의 내가 있었기에 지금의 내가 있다. 이 책을 읽는 당신 또한 자신만의 어느 한 시절을 기억하며 어디서든 나 자신으로서 현재를 살아갈 수 있기를.

목
차

Seoul

서울

이곳이 싫었다. 사람들끼리 얽히고설켜 상처받는 일이 많았다.
혼자 있는 게 낫겠다 싶어 방 안에 틀어박혀 지내는 날들이 길어졌다.
내 모습이 만족스럽지 못했다.

못생기고, 초라하고, 우울한 내가 부끄러웠다. 아무도 만나고 싶지 않았다. 그러다가도 외로워져서 누군가를 만나 밤새워 놀다 보면 다시금 허무해졌다. 어디론가 숨고 싶었고 도망가고 싶었다. 모든 걸 버리고 다시 시작하고 싶다는 마음이 들었다. 가진 것들이 낡고 초라해 보여서 몽땅 버리고 새로 사고 싶지만, 나는 가난했다.

나를 사랑한다는 사람에게 마음을 열지 못했다. 내 사진을 찍는 그 사람은 나를 똑바로 바라봤지만, 그의 사진 속에서 나는 항상 차가운 눈빛으로 그를 노려보거나 먼 곳을 힘없이 응시하고 있을 뿐이었다. 결국 그 사람에게 상처를 줬고 나는 여전히 혼자였다.

주위에는 외로움을 많이 타면서도 이미 너무 많은 상처를 입어, 자신이 상처받고 싶지 않다는 이유로 상대방에게 상처를 주는 사람투성이였다. 우리는 함께 있는 듯했지만, 헤어지고 나면 허전함에 잠 못 들어 했다. 절대 솔직한 감정을 말하지 않았다. 사실 무엇이 진짜 마음인지 깨닫지 못해서 맴돌 뿐이었다. 하루하루 별일 없이 지내는 것 같지만 늘 불안에 떨면서도 아닌 척 웃고 떠드는 날들이 계속되었다. 내가 일하는 카페에는 그런 사람들이 많이 찾아왔다. 잠시나마 외롭지 않다고 느끼려는 사람들이 모여 매일 늦은 밤을 지새우곤 했다. 아침이 되면 또다시 혼자라는 사실이 힘들었다. 누군가에게 위안을 얻으려 발버둥 치면서도 괜찮은 척하는 내 모습에 점점 지쳐갔다.

십 대의 마지막을 학교와 학원에만 틀어박혀 그리고 싶지 않은 그림을 그리면서 보냈었다. 그렇게 힘들게 합격한 대학은 부산 촌아이였던 내가 서울로 올라올 유일한 방법이었다. 미술대학에서 작업하는 것은 즐거웠다. 부모님의 곁을 벗어나 혼자 사는 것도 좋았다. 하지만 월세와 생활비, 그리고 비싼 학비를 감당하기가 어려웠다. 공부하는 것도 일하는 것도 아닌 생활에 답답해하다가 결국 학교를 휴학했다. 그렇게 몇 년 동안 학교로 돌아가지 못했다. 나는, 학생이기도 학생이 아니기도 한 어정쩡한 이십 대를 보내고 있었다.

언젠가부터 상처를 받는 것도 상처를 주는 것도 익숙해졌다. 상처받는 일이 생겨도 무덤덤했다. 차라리 혼자 있는 시간이 편했다. 사람을 만나서는 그냥 웃어 보이면 된다는 걸 알게 되었다. 거절할 일은 만들지 않으면 그만이었다. 점점 말수가 적어지고 조용해졌다. 그림도 점점 더 차분해졌다. 말 없는 풍경을 자주 그리게 되었다. 긴 머리를 아주 짧게 자르고, 편한 바지를 입고, 딱 맞는 운동화를 신고서 거리를 하염없이 걷고는 했다. 니어링 부부의 책을 읽고 난 후 고기는 먹지 않았다. 사과 한 알, 커피 한 잔으로 하루를 보냈다. 살이 자꾸만 빠졌다. 거울에 비치는 내 모습이 점점 어린아이 같아졌다. 하지만 거울에 보이지 않는 속은 새카맣게 늙어버린 느낌이었다. 늦은 밤, 집으로 돌아가는 길에는 자주 울었다. 무엇이 그렇게 슬펐는지 모르겠다.

괜찮았다. 그러나 행복하진 않았다.

도망치고 싶었다.
아무도 나를 모르는 곳으로, 내가 내가 아닌 곳으로.
썩어 문드러져가는 낡은 습관과 끊임없이 나를 괴롭게
하는 문제와 고민들로부터. 모든 걸 리셋하고 새롭게
시작하고 싶었다.
떠나고 싶었다. 낯선 곳일수록 좋겠다고 생각했다.

카페에서 《삶은 여행》이라는 베를린에 대한 책을 봤고, 부산에 갔다 돌아오는 기차 안에서 베를린에 대한 기사를 봤다. 선물받은 김용택 시인의 선집에는 젊음의 용기에 관한 말이 남겨져 있었다.

떠남이 막연한 환상인 것을 알면서도, 마음먹은 때가 아니면 안 돼-라고 되뇌었다.

돈을 긁어모아 무작정 베를린으로 가는 편도 비행기 티켓을 끊었다. 옷과 신발, 책과 종이들을 버렸다. 몇 년간 살던 방을 비우고 보니, 이렇게 작은 방에 뭐가 이렇게 많았나 싶었다. 오랫동안 한 번도 꺼내보지 않은 채 구석에 처박아두기만 했던 물건들이 마치 내 모습 같다. 모두 누군가에게 주거나 버렸다. 그렇게 정리를 하고도, 떠나는 배낭은 내 몸 반만 한 짐 꾸러미다. 커다란 가방과 여권을 봐도 떠난다는 실감이 나지 않는다. 다이어리에 적힌 일정이 남 일 같기만 하다. 출국 전 해야 할 일, 도착 후 해야 할 일이 빼곡하게 있는데도 마음가짐이나 기분 같은 건 한 글자도 적혀 있지 않다. 심경을 적어내자니 이상하게 단 한 줄도 쓸 수가 없어 일정만 수백 번쯤 꼼꼼히 읽고 쓰기를 반복했다.

카페에서 송별회를 했다. 다들 내가 유학을 가는 걸로 알았다. 언제 돌아오느냐는 물음에 칠팔 년 정도 후라고 답했다. 돌아와서도 우리가 여전히 여기에 모여 다시 함께하면 좋겠다고 했다. 물론 진심으로 바란 것이었지만, 사실은 돌아오지 않으리라 생각했다. 돌아올 곳이 있으면 마음이 약해질 것 같았다. 절벽 끝에 내몰리면 어떻게든 살아갈 수 있지 않을까. 온통 나뿐이었던 작은 방에 이제는 내 것이 아닐 몇 가지만 덩그러니 놓여 있다.

어디든 무슨 목적이든 상관없었다.
이곳이 아니라면 어디라도 괜찮을 것 같았다.

떠난다.
그래, 이 지긋지긋한 곳에 두 번 다시 돌아오지 않겠다.
그런 마음으로 비행기를 탔다.

Berlin

베를린

낯선 곳.
붉은 피부에 노란 머리카락,
파란 눈동자의 낯선 사람들.

온통 알 수 없는 단어가 가득하다.
독일어는 한마디도 모르고
시린 날씨와 낯선 풍경뿐이다.

하지만 두려움보다는 설렘이 앞선다.

베를린에는 눈이 펑펑 내린다. 오래된 유럽 건물의 낯선 방,
발코니에 놓아둔 오렌지 주스가 꽁꽁 얼어버렸다. 유럽의
추위에 익숙해져야 하는데 벌써 따뜻한 호빵, 오뎅 국물 같
은 게 먹고 싶다. 한국을 떠나니 시간이 느리게 느껴진다.
밖에 나가면 근처 카페에서 그림을 그리거나 유명한 거리
와 건축물을 보러 갔다. 하지만 너무 추워 이가 떨리고 몸
이 저려 반나절 이상 밖을 돌아다닐 수가 없었다. 금세 집
으로 돌아가고 싶어진다. 베를린은 늘 춥고 어두웠다. 정말
긴 겨울이 이어졌고 조금만 늦잠을 자면 해가 졌다. 뭐라도
해야 할 것 같아 힘겹게 여기저기를 돌아다녔지만 목적도
하는 일도 만날 사람도 없으니 금방 지쳐버렸다. 방에 틀어
박혀 책을 읽거나 일기를 쓰며 하루를 보냈다.

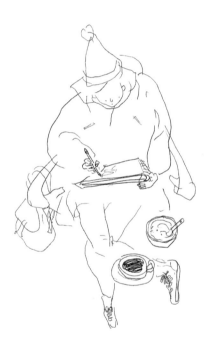

지금 나는 이국적인 풍경과 새로운 문화가 있는 곳에 산다. 하지만 그것을 어떻게 즐겨야 하는지 모르겠다. 외국에 왔다는 사실이 즐거운 것은 잠깐이었다. 자주 끼니를 걸렀고 살이 많이 빠져 다리가 앙상해졌다. 생애 최저 몸무게를 찍었다. 왜인지 하나도 예뻐 보이지 않는다.

이곳에는 나를 아는 사람이 아무도 없다. 이야기를 나눌 사람도 없다. 차라리 혼자 있기로 한 건 나의 선택이었는데, 이곳은 분명 그토록 원했던 먼 곳인데 집에서 먹고 자고 그림 그리고 글을 쓰는 것뿐. 서울에서의 생활과 별반 다르지가 않다. 오히려 더 외롭고 쓸쓸하다. 시간이 지나면 괜찮아질 거라고 믿는다.

창밖에 내리는 눈을 멍하니 보며 시간만 보낸 지 두 달째. 삐쩍 말랐었던 몸이 어느새 늘어지고 무거워졌다. 생애 최고 몸무게를 찍었다. 정말 하나도 예쁘지 않은 모습이다. 여전히 고기를 먹지 않기에 빵과 과일, 채소만으로 식사했지만, 한국에서 현미밥에 된장국을 먹던 때와는 달리 몸이 거부반응을 일으켰다. 피부가 나빠지고 머리카락이 푸석푸석해졌다. 거울을 볼 때마다 짜증이 났고, 그래서 더 우울감에 빠져 아무것도 하지 않았다. 밖에 나가서 무언가를 하려고 해도 돈이 없다. 너무 대책 없이 떠나온 나의 무모함을 깨닫는다.

거울을 똑바로 바라볼 수가 없다. 지하철 유리창에 비친 나를 보는 것조차 두려워진다. 현재를 똑바로 마주 볼 수 있는 용기 따위는 더더욱 없다. 나 자신과의 약속을 지키는 게 가장 어렵다는 걸 잊고 있었다.

나는 점점 말이 없어지고, 점점 더 표정도 사라져갔다.

오랜만에 날씨가 무척이나 좋은 날, 봄이 오는 것일까. 기쁜 마음에 스케치북을 들고 나갔다. 나처럼 햇볕을 쬐려는 사람들이 많다. 카페에 가서 라떼를 한 잔 주문했다. 따사로운 햇살 아래서 그림을 그리는 순간만이 '내가 여기서 쓸모 있게 살아가고 있구나'라는 위안을 준다.

노력하고 현명해지고 상처 주지 말고 조급해하지 말고
슬기롭게 해결하고 후회할 일 만들지 않도록
그렇게 매일 다짐하지만, 쉽지 않다.

이대로는 안 되겠다는 생각이 든 건 베를린에서 지낸 지 어느덧 3개월이 지난 후
였다. 내 생애 최악의 겨울을 그곳에서 홀로 보내면서, 결국 나의 철없음과 나약
함을 인정해야만 했다.
다시 한번 방을 정리하고 떠나기로 마음먹었다. 바보같이, 또다시 이곳이 아니라
면 괜찮을 것 같다고 생각하면서.

Farm

농장

나는 또 떠남을 선택했다. 한국에서 독일에 온 후, 장소와 생활의 변화는
그야말로 엄청난 것이었지만 그 급격한 변화에 적응하지 못하고
힘든 겨울만을 보냈다. 우물 안에서 나와 세계에 발을 내딛고 보니
내가 얼마나 작은 존재인지를 체감한다.

자책과 두려움을 안고 배낭을 꾸렸다. 아직 어리고 나약한 나로선 짊어질 수 있는 무게가 너무 조금뿐이다. 책과 스케치북, 펜과 물감, 세면도구와 옷 몇 벌만을 챙겼다. 떠나려니 또 무언가를 버려야 한다. 그렇게 버려놓고 다시 무엇을 쌓아두고 있었다. 욕심내봤자 결국 쓸데없는 짐이 된다는 걸 서울을 떠날 때 깨달았었는데, 나는 또 이렇게 똑같은 실수를 반복하고 있다.

어디로 가야 할지 모르겠다. 물론 가고 싶은 곳은 많다. 하지만 돈이 부족하기에 가까운 어느 농장부터 가서 일을 하기로 했다. 베를린에서 40분 정도 기차를 타고, 다시 차를 타고 30분 정도 더 들어가면 나오는 유타보그라는 작은 마을이었다.

숙소도 제공되고 밥도 먹여주는 농장에서 감자와 당근 같은 걸 심고 말에게 먹이를 주는 일을 하기로 했다. 썩은 우유와 치즈, 딱딱한 빵뿐인 주방은 엉망이었고 농장 사람들은 채식주의자였는데 담배를 연신 피워댔다. 자연 속에서 소박한 삶을 사는 사람들을 만나 이야기를 나누고 싶었다. 하지만 헬렌 니어링과 스콧 니어링 같은 사람들은 없었다. 농장 주인 부부는 서로 얼굴도 마주하지 않는다. 아이들만이 동물과 함께 어울릴 뿐이다.

그래도 나와 같이 일하러 온 또래 친구들은 다정하고 차분했다. 밭을 갈아 감자를 심고 흙 위에 누워 하늘을 보고 꽃나무 아래에서 책을 읽으며 하루를 보냈다.

그 단순한 시간은 평화롭고 좋았다. 고민도 외로움도 없었다.
그저 묵묵히 한 틈 한 틈 손길을 다해 땅을 일구었다.
언제쯤 싹이 피어날까라는 이른 기대를 이야기하며.

근처에 검은 숲이 있다는 말을 듣고 하염없이 걸었다. 낯선 곳에서 이방인은 해야 할 일도 만날 이도 없었기에, 그저 걷는다. 이야기 나눌 상대도 없어서 아무 말 없이 걷기만 했다. 처음에 무겁던 걸음도 걷다 보면 점차 가벼워진다. 숲의 길은 단 한 줄기로 뻗어 있다. 아무 목적도 이유도 없이 그저 걷는다. 사람의 흔적이 닿지 않은 숲도 발걸음을 옮기면 길이 된다. 어디든 걸을 수 있다.

정말 바람 소리 외에는 아무것도 들리지 않는, 황량한 길 위에 서서 한참 동안 하늘을 바라보다가, 몸을 돌려 지난 길을 그대로 다시 밟았다. 똑같은 길을 똑같은 걸음으로 가야 한다. 등을 밀어주던 바람은 얼굴을 맞서 불어온다. 해의 위치도 바뀌었다. 춥고 배도 고팠다. 하지만 지름길도, 지나가는 사람도 없다. 차도 자전거도 없다. 오직 내 두 발로, 왔던 시간만큼을 가야만 돌아갈 수 있다. 숲을 향할 때보다 되돌아갈 때가 더 길고 외롭다. 그래도 나는 걸어야만 했고 다시 돌아가야 했다.

어린 사슴을 마주쳤다. 사슴의 눈동자에 비친 찰나의 내 모습이 의미 없이 느껴진다.

내가 왜 여기에 있지?
나는 뭘 하는 거지?
아무도 대답해주지 않는다.
아무도 들어주지 않는다.

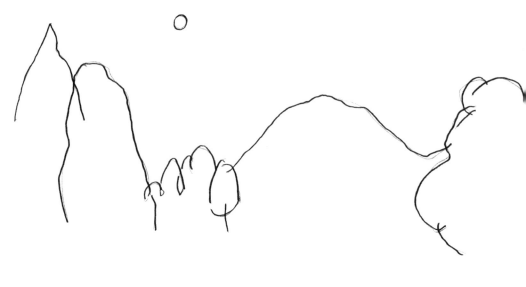

《월든》을 다시 읽는다.
나를 달래듯 조곤조곤하게 하는 말들이
한 마디씩 마음에 닿는다.

깨어 있다는 것은 살아 있다는 것을 의미한다.
날마다 그대 자신을 완전히 새롭게 하라.
날이면 날마다 새롭게 하고, 영원히 새롭게 하라.
하루의 본질에 영향을 미치는 것,
나는 의식적인 노력에 의하여 생활을 향상시키는
그 의심할 여지 없는 인간의 능력보다도
더 고무적인 사실을 알지 못한다.

헨리 데이비드 소로, 《월든》

나에게 필요한 것은 '나' 외엔 아무것도 없을지도 모른다. 사는 곳, 먹는 것, 입는 것, 보고 듣는 것, 알고 있지만 알지 못했던 사실, 곁에 있는 사람과 스치는 인연, 생각하고 느끼는 모든 것은 수학 공식같이 명확한 계산과 정답이 있는 것이 아니다. 아주 사소한 계기로도 삶은 바뀌고 사람도 변한다. 지금은 느끼지 못하더라도 깨닫는 순간이 오기 마련이고, 깨달은 후에는 다시금 의도적인 변화를 일으켜야 한다. 언제나 삶은 선택으로 가득하다. 그 선택이 자의인지 타의인지, 우연인지 필연인지는 중요하지 않다. 하나부터 열까지 그저 '선택'일 뿐이다. 지구 멸망부터 시작해서 개미 한 마리를 밟는 일까지.

농사일은 고되고 어렵다. 손톱에 흙이 끼고 잡초에 긁혀 피부가 벗겨졌다.
온몸이 쑤시고 따가운 햇볕 탓에 얼굴에는 반점이 생겼다.

나의 이상과 현실이 다르다는 것을 알면 알수록 막막했다. 사람이라는 사실이 낯설고 괴로웠다. 숲에서 본 사슴이 자꾸 생각났다. 콘크리트 건물과 페트병 같은, 사람이 만들어낸 모든 것이 세상에 필요 없는 쓰레기처럼 느껴졌다. 이게 다 무슨 소용인지 의문이 들었다.

자연주의를 다루는 많은 책을 읽으면서 고기를 먹지 않기로 했었다. 채식에 엄청난 뜻을 두려는 것은 아니었다. 동물을 사랑해서 죽이고 싶지 않다거나 지구를 살리겠다는 마음의 영웅 심리도 아니었다. 니어링 부부처럼 적게 먹고 적게 벌어 소박하게 살고, 소로처럼 자연의 소리에 귀 기울이며 자신의 모습에 몰두해보고 싶었다. 귀농해서 농사나 지으면 행복할 것 같다는 생각은 아무것도 모르는 사람의 환상일 뿐이었다. 가벼운 마음과 준비되지 않은 상태로는 손톱만큼도 따라갈 수 없는, 진지한 삶의 태도였다. 나는 그것이 마치 그럴듯한 장래 희망이라도 되는 양 착각하며 책 속의 이야기에 빠져 내가 그렇게 살아가는 줄 심취해 있었을 뿐이다. 아무런 노력도 행동도 없이 사회에 대단한 영향을 미칠 위인이라도 될 줄 알았던 걸까. 그저 내 만족이나 도피 같은 것이었을까. 부끄러웠다.

나의 신념은 무엇이었을까. 내 삶은 어떤 방향으로 향하고 있는 걸까.

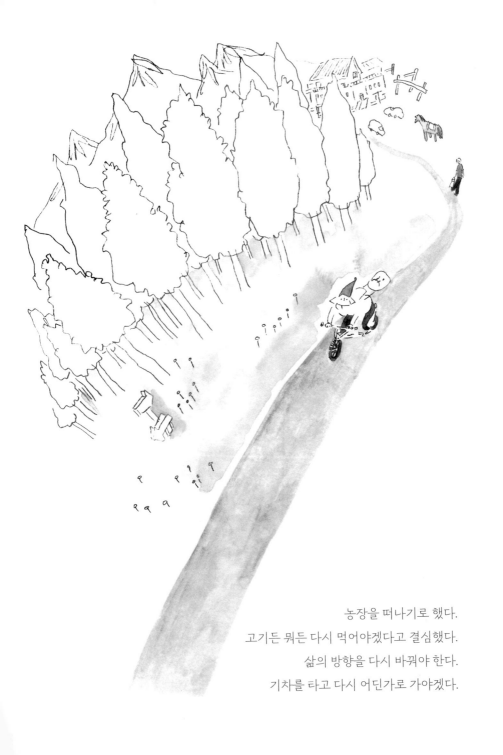

농장을 떠나기로 했다.
고기든 뭐든 다시 먹어야겠다고 결심했다.
삶의 방향을 다시 바꿔야 한다.
기차를 타고 다시 어딘가로 가야겠다.

그림을 그려야만 한다.

Europe

유럽

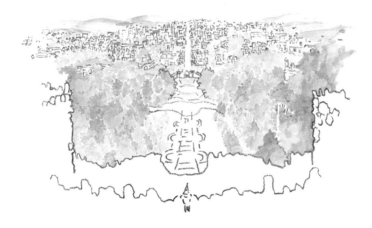

기록하고 싶은 풍경이 가득하다.
그림을 그리자. 어디서든.

혼자 그림을 그리고 있으면, 사람들이 다가와 말을 걸었다.
긴 대화를 하지 못하더라도 그림을 보며 짧은 이야기를 나눈다.

누군가는 적지 않은 돈으로 그림을 사가기도 한다. 숙박비와 밥 한 끼를 해결할
정도지만 기쁘다. 그런 일들이 이어지면서 여행 경비를 마련할 수 있었다. 이게
내가 누군가와 소통할 수 있고 이곳에 머물 수 있는 유일한 방법이다. 여행을 계
속할 이유를 찾았다. 그래, 계속해서 그림을 그리자.

나는 영어를 잘하지 못한다. 그래서 그저 웃으면서 "땡큐"라고 하는 정도뿐, 친구를 사귈 수가 없다. 한국에서는 조곤조곤 이야기도 많이 하고 내 생각을 당당히 표현했었는데, 이곳에서는 그 누구에게도 내 이야기를 할 수가 없다. 투명 인간이 된 듯하다. 어쩔 수 없이 혼자 그림을 그리고 조용히 걸어 다닌다. 이곳은 아름답고 멋지지만, 어디서든 나는 그냥 나일 뿐이다.

혼자 있는 시간을 좋아한다. 혼자서는 밥도 못 먹고, 혼자 영화를 보거나 놀러 나가는 일은 엄두도 못 내던 때가 있었다. 하지만 조금씩 나만의 시간을 늘려가다보니 혼자 있는 것에 너무나 익숙해져 이제는 그 시간이 당연해졌다.

사람들은 너무 많이 얽히고 맞닿아 있어서,
서로 상처를 주기도 하고 밀어내기도 한다.

진심을 아는 데는 많은 말이 필요하지 않다.
오히려 많은 말은 거짓을 지어낼 뿐이다.

사실 외롭고 쓸쓸한 순간은 혼자일 때가 아니라,
많은 사람 속에서 내가 혼자임을 느낄 때였다.

게으르게 여행하다 보면 못 보게 되는 유명한 장소들이 있다. '아껴뒀다가
이 핑계로 한 번 더 놀러 오지 뭐' 하는 막연하고도 사치스러운 생각을 했다.

아름다운 도시만큼 화려하고 여유로운 관광객들 사이
로 나는 낡은 배낭에 해진 옷을 입고 골목골목을 걸었
다. 모습이 어떻건 로마를 여행하고 있다는 것은 분명
하기에, 괜찮다고 나 자신을 다독인다.

여행자로 살아간다는 것은 매일을 시작하고 끝내는 것
이 전부였다. 눈을 뜨면 몸을 씻고 옷을 입고 신발을 신
고, 밖으로 나가 새로운 곳에서 새로운 것을 보고 새로
운 경험을 하다가, 해가 지고 피곤하면 짐을 내려놓고
몸을 씻어낸 뒤 잠자리에 든다.

잠에서 깨어나 다시 잠들기까지의 일상은 태어나고 살
다가 죽는 것과 그다지 다를 바가 없어서 삶은 단 하루,
그뿐인 것이다. 오늘의 나는 어제가 되어 사라지고 내
일의 내가 오늘의 내가 될 것이다. 그렇게 매일을 반복
하지만, 그 하루 속에 똑같은 것은 결코 아무것도 없다.

쥐 떼를 따라 아이들이 사라졌다는,
피리 부는 사나이의 마을인 하멜른.
동화 속 마을답게 아기자기한 집에
지금 살아가는 사람들의 삶을
창문 틈새로 슬쩍슬쩍 들여다본다.

내 여행 가방 속에서 제일 소중한 것은 스케치북과 10년 넘게 써온 낡은 필통, 그리고 책 한 권이다. 여행 가이드에는 여권, 비상약, 장비 같은 필수품들을 챙기라고 이야기하지만 '자신이 좋아하는 책을 한 권 가지고 떠나시오'라는 조언은 없다. 위급 용품이나 안내서도 물론 필요하지만, 몸을 챙기는 것 이상으로 마음을 챙기는 것도 중요하다. 여행 가방에 무엇을 넣을지 고민한다면, 몇 번을 읽어도 좋은 자신만의 책을 꼭 한 권 챙길 것.

나는 가진 책이 별로 없기도 했기에 닳도록 읽은《월든》을 가지고 다녔다. 호숫가에 앉아 쉬거나 갑자기 비가 내리거나 하는 이런저런 순간마다 책을 좌르륵 훑다가 마음에 드는 쪽을 펼쳐 읽었다. 내 곁에 있는 듯이 소로가 많은 조언을 해주었다. 마음이 붕 떠서 불안하거나 외로울 때에도 잔디 위, 침대 위에서 책을 읽으며 마음의 평화를 얻곤 했다.

매일 어디에서 자고 무엇을 먹고 어디로 가야 하는지를 고민한다.
무엇을 그릴지는 그다음 문제다. 어쩔 수 없이 의식주가 우선이다.
아무리 중요한 것이 있더라도 잘 살아야만 할 수 있다. 결국 삶이 제일 먼저다.

아직도 많이 부족한 나를 보면서 각오를 다진다.
매일 각오뿐이더라도, 이번에도 다시 한번 각오한다.

열심히, 정성스럽게 살자.

아주 싼 비행기 티켓을 구하게 되어
갑자기 폴란드로 가게 되었다. 폴란드는 대부분이
평지고 산은 하나뿐이라고 한다. 타트라산을 오르는 길은 우리나라 설악산의
길 같은 정겨운 모습이다. 가족과 소풍 나온 사람들, 기념품과 치즈를 파는
사람들이 있었다. 높은 지역이라 간만에 신선한 공기를 마시며 기분 좋게 산을
오른다. 아주 오래된 나무와 이끼가 있고, 가끔 사슴이 모습을 드러내기도 한다.

타트라산을 세 시간 정도 걸어 올라가면
모습을 드러내는 푸른빛, 오래전 바닷물이 올라왔다가
그대로 남아 있다는 그곳은 '바다의 눈'이라는
이름을 가진 투명한 호수.
모르스키에 오코에 도착했다.

자코파네 마을에는
붕어빵 같은 치즈 덩어리를 파는
할머니, 영어를 못 하는 수줍은 직원,
낡은 옷을 되파는 아주머니 등이 모여 수다를
떨고 있다. 돈을 놓아두는 사람과 악수해주는 움직이는 동상은
온몸을 은색으로 칠한 진짜 사람이었다.

pierogi
ruskie
15.00 zł

유럽에서 가장 크다는 크라쿠프의
중앙광장은 골목이 매우 많고
꼬불꼬불해서 길을 잃을 것 같지만,
결국 다 연결되어 있어
어느새 중앙광장으로 다시 되돌아왔다.
생각지도 못한 색다른 가게를
만나기도 하면서
여기가 어디인지 모른 채
그냥 걸어 다니는 것만으로도
재미있었다.

때로는 모든 게 꿈같다.
사실은 현실에 눈을 감고 있는 걸지도 모른다.

도망치지 말아야 하고,
똑바로 부딪쳐서 앞으로 나아가야 한다지만
나약한 마음으로는 아직 어렵다.

반드시 강해져야겠다는 생각이 드는 건 이런 순간.
아직은 초라하고 보잘것없이 뻔한 내 한 몸이지만-
부디 지금만이라도 이런 멋진 꿈속에서 살아갈 수 있다면.

낯선 곳이 낯설지 않게 되는
익숙한 하루하루가 쌓여 기억이 된다.

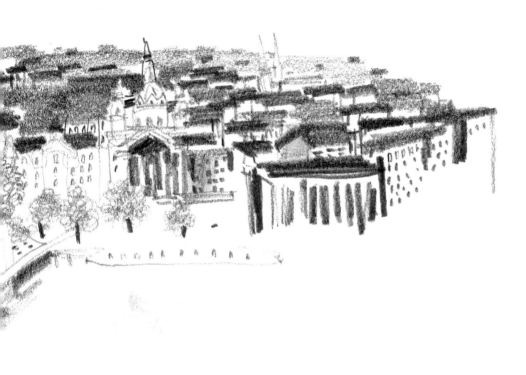

멋지고 유명한 건축물을 사진이나 그림으로 남겨놓지만, 막상 떠올리면 기억나
는 건 맛있었던 파스타나 친절한 직원의 미소, 누군가와 나눈 안녕과 다정한 말
한마디였다. 아침에 눈을 떠보니 투명한 가랑비가 내리던, 동네 빵집의 갓 구운
빵 냄새에 이끌리던, 가로등 불빛에 의지하여 걷던- 그런 사소한 순간들이 더 마
음 깊이 남았다.
앞으로도 내가 어디를 가고 어디에 있든, 잊혀지고 걸러져서 남는 건 겨우 그런
작은 조각뿐일지도 모른다. 대단하고 장엄한 여행기가 아닌 미세한 기억의 모음.
그러나 나만큼은- 결코 잊을 수 없을 것만 같은 그 부스러기들을 종이 위에 남겼
다. 이 기록들은 어떤 이야기가 될까.

한국을 떠나온 지 반년이 훌쩍 넘었다. 처음의 방향과는 많이 달라졌고 다른 길을 가고 있다. 무거운 배낭을 메고 약한 다리를 이끌고 고집스럽게 걸어가고 있다. 매 순간 행복한 동시에, 매 순간 힘이 든다. 땀을 비 오듯 흘리고 손발이 시커멓게 더러워진 초라한 옷차림의 나는 예뻐 보이지 않는다. 하지만 겉모습만 예쁘려고 했던 이전의 나를 돌아보면 지금이 나을지도 모른다는 생각이 들어 웃음이 났다. 그림과 일기로 가득한 스케치북을 펼쳐보면 분명 성장하고 있음에, 위안과 용기를 얻는다.

성장과 고찰의 시간은 매우 더디어서, 발끝부터 세밀하게 아주 천천히 내 안으로 스며든다. 아주 미묘하고 느리게, 눈치챌 수 없을 만큼. 맞다고 생각했던 것들이 정답은 아니라는 사실을 인정하고, 고집 피우던 것들 때문에 소홀히 했던 소중한 것들을 깨달아간다. 후회는 없다. 과거로 돌아가도 나는 또 그랬을 것이다. 지금의 내가 여전히 헤매고 있는 것처럼.

어느새 다시금 걸어가야 하는 시간이 왔다.
이젠 또 어디로 가야 할까.

Paris

파리

그림을 그리려고 파리에 왔다.
정확히 기억하지 못하는 어느 시절부터 그림은
언제나 내게 가장 중요한 것이었다.
그래서 늘 고민하고 생각했다.

무엇을 그려야 할지, 어떻게 그려야 할지, 나는 왜 그림을 그리는지. 하얀 종이를 앞에 두고 뭘 그릴지 늘 막막해하던 것과 달리 파리는 그리고 싶은 것투성이였다. 길가의 가로등과 걸어가는 사람들의 모습, 동네 카페와 이름 없는 건물까지 영화 속한 장면 같았고 어느 곳에서나 에펠탑이 보이는 풍경은 한 폭의 그림 같았다.

(샹젤리제) 가로길

charles de
Gaule - 샹젤리제 거리가 보이는 개선문아래
paris.

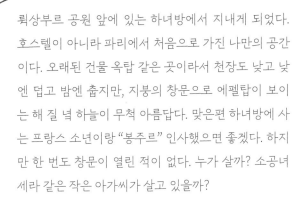

뤽상부르 공원 앞에 있는 하녀방에서 지내게 되었다. 호스텔이 아니라 파리에서 처음으로 가진 나만의 공간이다. 오래된 건물 옥탑 같은 곳이라서 천장도 낮고 낮엔 덥고 밤엔 춥지만, 지붕의 창문으로 에펠탑이 보이는 해 질 녘 하늘이 무척 아름답다. 맞은편 하녀방에 사는 프랑스 소년이랑 "봉주르" 인사했으면 좋겠다. 하지만 한 번도 창문이 열린 적이 없다. 누가 살까? 소공녀 세라 같은 작은 아가씨가 살고 있을까?

그간의 여정이 피곤했던지 종일 뒹굴고 먹고 자고 하며 게으르게 보냈다. 때때로 저녁에 달리기를 하러 나가면 공원 쪽에서 꽃 내음이 날아온다. 공원을 둘러싼 높은 기둥이 참 멋지고 집 바로 아래의 프랑프리 슈퍼랑 빵 가게, 역 근처 사거리 쪽 골목의 오래된 영화관도 근사하다. 아침에 일어나면 바게트를 사러 빵집에 갔다. 유명하지 않은 그냥 동네 빵집에도 사람들이 줄을 서서 기다린다. 매일 빵을 사러 오는 나를 아주머니가 반갑게 "봉주르" 하고 맞아준다. 마치 우리 동네인 듯한 편안함에 작은 위안을 얻는다.

창문을 열어놓으면 바람이 방 안으로 불어 들어온다.
가을을 알리는 낙엽이 백만 개쯤 방 안으로 들어오는
기분 좋은 상상도 해본다. 빗물이 한두 방울 스케치북
위로 떨어진다. '뭐, 이것도 가을비잖아'라고 생각하니
기분이 좋다. 가을이 올 거야. 여름이 가는구나. 예쁜
가을옷을 입고 갈색 구두 신고 도로시가 된 듯이 뒷굽
을 두 번 탕탕 치며 몽마르트르에 가서 그림을 그려야
지. 이런 생각을 하면서 잠이 들었다. 일어나 보니 꽁꽁
닫고 잔 창가에 온통 빗물이 서려 있고 비가 온다. 내
마음엔 파리는 이미 가을이다.

침대 옆 창문을 활짝 열어놓으면 누워서도 하늘에 반
짝이는 별 하나가 보인다. 그걸 보며 잠든 밤들, 창문에
앉아 그리는 그림, 에펠탑과 분홍색 하늘이라든가 숟
가락으로 한 통씩 퍼먹던 멜론 같은 거, 지금이 지나면
때때로 그리워지겠지.

너무 추워서 아무것도 할 수 없었던 지난 겨울, 그리고
조용히 잠깐 찾아왔던 봄. 금세 이어진 더위에 완전히
지쳐버렸던 여름. 그리고 어느새 긴 옷을 입지 않으면
밤엔 추울 정도로 날이 선선해졌다. 지하철역에서 오
래된 포스터를 보았다. 겨울의 파리 풍경 사진. 이곳의
겨울은 어떨까. 몇 겹씩 옷을 껴입고 눈 바로 아래까지
목도리를 둘둘 감고는 빠른 걸음으로 카페에 들어가
따뜻한 커피를 손에 쥐고 외롭게 눈 오는 풍경을 봤던
베를린과는 다를까.

파리 센 강가에서 얼굴로 불어오는 가을 바람을 마주한다.
이제 9월이다. 어느새 9월이다. 시간이 꽤 흘렀구나.

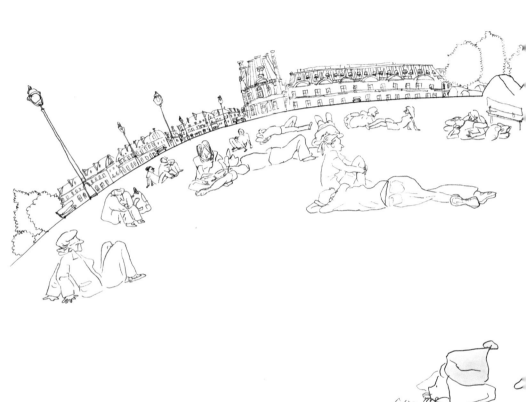

아침으로 갓 구운 바게트와 커피를 먹고, 남은 바게트로 만든 샌드위치를 챙긴다. 그리고 루브르 박물관과 오르세 미술관 사이 풀밭에 앉아 사람들 모습을 그린다. 마치 여행이 아닌 듯 파리에서 지내고 있다.

나도 내 그림 속에 미술관의 이런저런 풍경과
그림 앞에서 제각각인 사람들 모습을 담았다.
정말, 너무너무 멋지고 소중한 경험이다.

그림을 그려서 행복한지는 아직 잘 모르겠지만,

그림을 그림으로써 더 행복해지기를 희망할 수 있는지도.

La Défense
The Call to Arms
로댕미술관 / RODIN MUSÉE, paris

Loure musée . Paris , France

오후 내내 미술관에서 그림을 보다가 잔디밭에 누워 샌드위치를 먹고,
다시 미술관에서 시간을 보내거나 센강을 따라 걸어 집으로 돌아가는 하루.
별일 없고 큰일 없이 이곳에 있다는 사실만으로 충분하다.

하지만 사실, 이토록 아름다운 파리의 풍경과 멋진 경험과는 별개로 나는 여전히 자주 쓸쓸하고 문득문득 불안했다. 그림을 그릴 때만큼은 모든 걸 잊을 수 있다. 이곳에서 보고 그린 그림들이 외로움을 달래주는지도 모르겠다. 나는 그들의 그림에서 큰 힘을 얻는데, 내 그림도 누군가에게 즐거움이, 위안이, 위로가 될 수 있을까.

Le bain turc.
in Louvre

고흐든 앵그르든 피카소든,
그들은 그림을 그려서 행복했을까?

VINCENT van gogh, orsay, paris

주말 오후, 오르세 미술관에 줄이 늘어서 있길래 마음이 안 내켜 뒤돌아서 다시 다리를 건너 튈르리 정원에 갔다. 오늘처럼 날씨가 화창한 날에는 많은 사람이 정원 중앙에 있는 분수를 둘러싸고 앉거나 정원 구석구석에 있는 의자에 앉아 쉬고 있다. 날씨 안 좋은 날에도 심지어 비가 와도 꿋꿋이 앉아 있는 사람들이 있다. 우산을 쓰든 비옷을 입든 그냥 맞든, 상관없어 보인다.

오늘 오전엔 비가 와서 우중충하고 흐리길래 게으름 피우다 2시가 다 되어서야 나가 보니 하늘이 무척 예쁘다. 햇살도 반짝반짝하고 하얀색 구름이 떠다니는 완벽한 하늘색. 9월이라 그런지 햇빛도 그저 따사롭다. 햇볕을 쬐며 오후를 보낸다. 책 읽는 사람이 많다. 마주 앉아 카드 게임을 하는 사람들도 있다. 훈훈한 아빠와 아들이 축구하는 모습도 보인다. 사람들 얼굴에 미소가 가득하다. 날씨 덕분일까 내가 기분이 좋아서 그런 걸까, 다들 행복해 보인다.

지금이 내 인생에서 제일 한가롭고 자유로운 시절일지도 모른다. 지금 이렇게 길게 게으름을 피우는 대가로 언젠가는 바쁘게 살아야겠지. 이런 시간을 꾹꾹 눌러 담아두었다가 힘들 때마다 조금씩 꺼내 보아야겠다. 막막할 때도, 어려울 때도, 외로울 때도.

Musée de l'orangerie,
Bassin Ortogonal

orsay musée
paris

떠나면 모든 게 새롭고 특별한 일의 연속일 줄 알았는
데 결국 삶은 일상의 반복이다. 이전에 가장 길게 여행
한 것이라고 해봤자 가까운 일본을 다녀온 것이었다.
그런 내가 1월 14일에 이렇게 멀리 떠나와 어느덧 9월
14일. 반년은 훌쩍 넘고 1년은 한참 남은 여정의 한가운
데 파리 구석 동네의 작은 단칸방에서 뒹굴거리고 있
다. 오늘은 정말 별일 없는 하루였다. 특별하지도 놀랍
지도 새롭지도 않은 보통의 날이었다. 여행이란 게, 삶
이란 게 어쩌면 이런 것일지도 모르겠다.

파리에 살면서 정말 많은 그림을 그렸다. 내 시간들이
그림 속에 선명한 순간으로 가득 채워졌다. 하녀방 창
가에 앉아 보던 파리의 거리, 튈르리 정원에서 구름 사
이로 비치던 햇살, 풀밭에 누워 먹던 샌드위치, 미술관
에서 만난 고흐, 새벽 하늘을 보며 걷던 내 뒷모습, 때때
로 넘치게 행복해서 눈물이 났던 짧은 찰나까지도. 이
토록 아름답고 특별한 그림 속에서 언제나 혼자였던 내
모습. 말없이 센강을 걷고 미술관을 다니고 에펠탑을
바라보며 그렇게 두어 달을 파리에서 살았다. 언제 이
렇게 시간이 흘렀을까. 가끔 찾아오던 안부 메일도 점
점 뜸해졌고, 이제는 내 소식을 궁금해하는 사람이 누
구일지조차 떠오르지 않는다. 그렇기에 더 멀리, 언제
든 떠날 수 있다. 어디에 있건 상관없으니까. 어디서든
이렇게 살 수 있을 테니까.

또 한 번 계절이 바뀌는 게 느껴진다.

파리에서 그린 그림들을 정리하고,
다시 빈 일기장을 사서 가방을 꾸렸다.

이번에는 큰 스케치북이 아닌
작은 노트를 준비했다.

떠나야 해,
가을의 파리만을 기억하고 싶다.

camino

첫 번째 카미노

서울이라는 도시를 떠나왔는데,
여기서도 계속해서 도시에만 있었다는 생각이 들었다.

익숙한 도시 생활을 떠나 더 낯설고 새로운 경험을 해보고 싶다는 생각이 들 때쯤 '카미노'를 알게 되었다. 프랑스 국경부터 스페인 끝자락 산티아고 성당을 향해 한 달 동안 900킬로미터 이상을 걸어가는 '순례자의 길'. 종교 때문도 아니고, 유명한 관광지여서도 아니며, 대단한 명소가 있어서도 아니다. 매일매일 걷기만 한다는 것이 흥미로웠다. 무엇보다 머물러 있는 생활이 조금씩 지겨워졌고, 파리의 가을이 아닌 스페인의 가을은 어떨지 궁금했다.

짐을 더 줄이고 더 적게 담았다. 그래도 무겁다. 며칠 그림을 그려 번 돈으로 중고 시장에서 등산화를 하나 사고 가벼운 바지와 옷가지를 챙겼다. 파리에서 떠나려니 처음으로 '다시 이곳에 오고 싶다'라는 생각이 든다. 하지만 서울처럼 파리에서도 오랫동안 살면 일상이 되어 지겨워질까. 또 떠나고 싶어질까. 여행자여서, 이방인이어서 좋았던 것일까. 서울도 파리처럼 아름답고 설레는 곳이던 때가 분명 있었던 것처럼.

프랑스 국경에 도착해서 순례자 증명서를 받고, 카미
노의 상징인 조개껍데기를 가방에 달고 정식으로 산티
아고 순례자가 되었다. 9월 27일 이른 새벽 6시 45분.
아직 해가 뜨지 않은 어두운 길에서 불빛에 의지하며
홀로 걷기 시작했다.

벌써부터 배낭이 무겁고 앞으로가 막막하지만, 걸음에
익숙해질 때까지 한 발짝씩 나아가보자. 무엇이든 시
작이란 그런 법이다. 설레는 마음만으로 두려움을 이
겨낼 수 있는 도전의 순간. 용기를 내어보자, 과정이 어
떠할지 결과가 어떠할지 모르지만 이미 시작했는걸.
그것만으로도 멋진 일이다.

길이 검다. 첫 걸음부터 방향을 잘못 들어 반대쪽 길에서 헤매는데 어느 할아버지
가 가야 할 길을 일러주신다. "산티아고는 이쪽이란다"라며 미소 짓던 첫 안내자
는 생장피에드포르의 성당 신부님이셨다. 커다란 문만큼이나 두꺼운 열쇠로 문
을 열고 들어오라며 손짓한 성당에는 아무도 없었다. 적막뿐인, 아직 새벽 어둠이
가시지 않은 그곳은 아주 조용하고, 아늑했다.

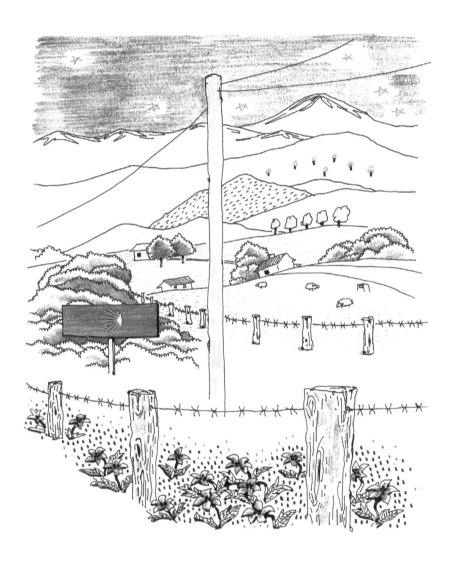

가만히 손을 마주 대고 부모님의 건강과 소중한 사람들의 안녕을, 그리고 내가 이 길에서 끝까지 용기와 희망을 잊지 않도록 보살펴주시기를. 그건 내 인생의 첫 번째 신을 향한 기도였다. 다시 길로 들어서자, 어둠뿐이던 길 위에 하늘 틈새로 새어 나오는 빛이 세상을 비추고 있었다.

첫날부터 피레네산맥을 한 번에 넘어야 했다.
얼마전까지만 해도 도시를 걷고, 동네를 산책하는
것뿐이었는데 갑자기 10킬로그램이 넘는 배낭을 짊어지고
30킬로미터가 넘는 산길을 걸어야 하다니. 불과 며칠 전과 전혀 다른 날들이다.
운동 부족임을 절실히 느끼며 힘겹게 걸었지만, 고통이 잊혀질 만큼— 아름다운
풍경들이 펼쳐졌다. 산이라고 하기에는 초록색 바다 같기도 한, 산이라기보다는
산맥이라는 말이 정말 어울리는 그런 풍경.

너른 초원에 떼 지어 움직이는 양들과 나비의 날갯짓, 햇빛에 반짝이는 꽃들. 맑은 바람이 불고 하늘이 손에 잡힐 듯이 가깝다. 끝없이 펼쳐진 언덕 위로 길이 까마득하게 느껴진다.

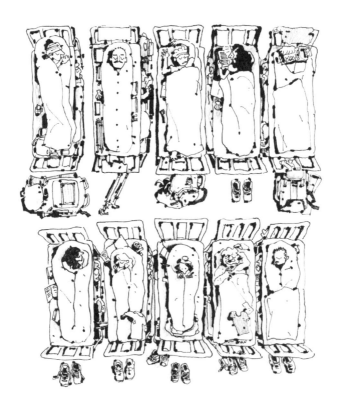

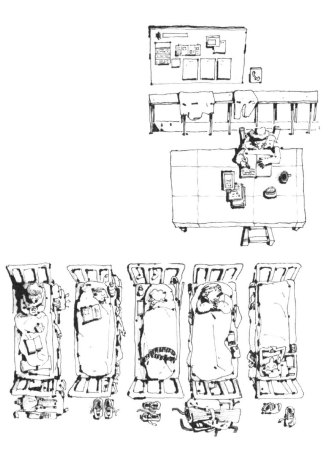

이곳에서 수많은 사람들이
나처럼 산티아고로 향한 첫 걸음을 시작했겠지.

온몸이 부서질 것 같은 근육통을 느끼며 시작한 카미노 두 번째 날 아침.
걱정과 피로를 가득 안고 출발하려는데 수녀님이 종이 한 장을 나눠주셨다.

순례자여, 행복하여라.

순례의 길이 눈을 멀게 하여

보이지 않는 것도 볼 수 있게 한다는 것을 발견하는 순례자여.

목적지에 도착하는 것보다 목적지를 향해 걸어가는 것에 마음을 두는 순례자여.

길을 명상할 때 그 길이 수많은 이름과 여명으로 가득 차 있음을 발견하는 순례자여.

당신이 이 길에서 참된 자신을 만나게 되고, 서두르지 않고 충분히 머물면서

마음속의 그 이미지를 간직할 수 있다면.

행복하여라, 순례자여.

산티아고 순례길에서 만난 수녀님이 건네주신 〈순례자를 위한 시〉

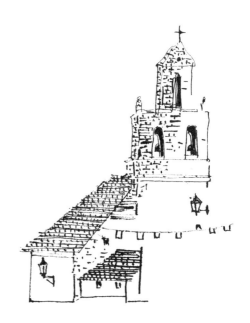

떠나온 이방인이었던 내가
떠도는 여행자가 되었다가
이곳에 와서 나아가는 순례자가 되었구나.
두려움과 걱정이 차오르던 마음에 다시 용기가 스며든다.

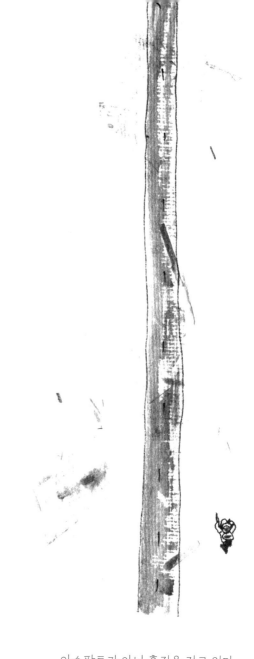

아스팔트가 아닌 흙길을 걷고 있다.
노란색 이정표를 따라.

하늘 위에 걸린 신발 한 켤레는 누구의 것이었을까.
그는 무얼 신고 돌아갔을까.

하늘엔 비행기가 가는 길이 이어지고
땅 위엔 사람들이 가는 길이 이어져 있다.
세상은 하나이고 모두가 이어져 있다.

방향을 잘못 들었다. 길을 따라 계속 가볼지, 다른 방향
으로 갈지 한참 고민한다. 어쩔 수 없지. 길이 이어져
있을 거라고 믿으면서 계속 걸어간다. 길을 잘못 들어
조금 늦더라도 돌아가면 된다.

어느 작은 마을에서 순례자를 맞이하던 마리아는 나에
게 "왜 이 길에 왔니? 왜 걷고 있니?"라고 물었다. 대답
할 수가 없었다.
해가 뜨기 전에 길을 나섰는데 온통 어두워서 아무것
도 보이지가 않는다. 작은 불빛 하나에 의지해서 길을
걷는데 세상에 나 혼자뿐인 것만 같다. 이전엔 느껴보
지 못한 이상한 기분이다.

매일 길을 걷는다. 하루에 20킬로미터에서 30킬로미
터 남짓. 발은 온통 물집투성이에 옷은 찢어지고 냄새
가 난다. 며칠씩 못 씻는 날들도 있다. 길에서 음식을
먹고, 나무 뒤에서 볼일을 보기도 한다. 배낭이 무겁고
발바닥이 아파도 계속 걷는다. 언젠가는 머물 곳이 보
일 테니까. 분명히 쉴 수 있을 테니까.

길에서 만났던 사람들과 계속 마주친다.
어느 날 함께 이야기 나누며 걷던 모녀를 숙소에서
다시 만났다. 방에서 짐을 정리하며
두런두런 이야기를 나누는데, 미국에서 전화가 왔다.
그녀의 할아버지가 돌아가셨다는 소식이었다.

임종을 지키지 못하고 먼 곳에서 사랑하는 이를
보내야 하는 그녀들의 슬픔에 어떤 위로를 해야 할지
몰랐다. 다음 날 서로를 꼭 끌어안고 마음을 나누고 헤어졌다.
지구 반대편 먼 곳에서 아무런 접점이 없는 삶을 살아왔는데, 인생의 잊을 수
없는 한순간을 이렇게 함께 할 줄이야. 부디 편안히 잠들길, 안녕, 사랑하던 이여.

하루하루가 새로운 풍경의 연속이다. 얼핏 비슷하고
똑같아 보이지만, 햇빛 따라 바람 따라 기분 따라 다른
풍경이 된다. 정말이지 아름다운 풍경 앞에서는 아름
답다는 말밖에 나오지 않아서 그림으로든 사진으로든
남겨놓고 싶지만 백만 분의 일도 담을 수 없다.

찰나의 순간은 나만이 온전히 누릴 수 있기에 더욱더
아름다운 것일지도 모른다. 오늘도 세상은 참 경이롭다.
그저 길을 걸으면서, 이전에는 쉽게 지나쳤던 것들이
보인다. 나무가 흔들리는 모습에 감동하고 땀을 식혀
주는 바람에 기뻐한다.

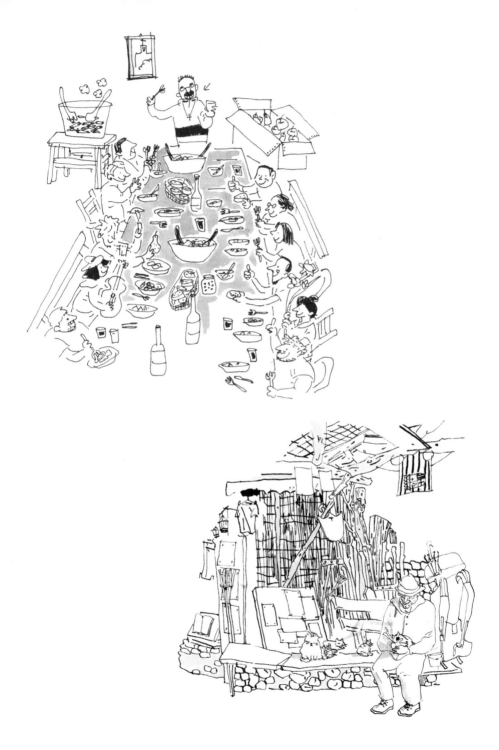

친구들이 생겼다. 조금씩 영어로 이야기할 수 있게 되었다. 함께 걸으며 노래를 부르거나 개울이 흐르는 곳에서 발을 쉬게 한다. 동네 가게에서 구입한 재료로 다양한 요리를 해서 같이 먹는다. 빨래가 마르기를 기다리며 놀다가 씻고 잠이 든다.

독일, 프랑스, 스페인, 네덜란드 사람들이 그저 외국 사람이 아닌 정말 친구처럼 느껴지는 것이 신기하다. 사람은 결국 똑같은 존재구나. 눈이 파랗든 갈색이든, 머리카락이 노랗든 검든, 영어를 할 수 있건 없건, 나이가 많건 적건, 함께 한 곳을 향해 걸어간다는 것만으로 추억을 나누고 인연이 된다. 우리가 언젠가는 다시 만날 수 있을까. 그러지 못하더라도 지금, 이곳에 함께 있음이 좋다. 우연을 가장한 인연들이 계속된다.

살아 있는 순간이 이렇게나 멋진 것이었나 하는 생각이 드는 날들.
삶이 이렇게나 단순한 것이었나 싶을 정도로 특별할 것 없는 나날이다.

아침에 일어나 신발 끈을 매고 배낭을 메고 길을 걷는
다. 아침을 먹고 길을 걷고 점심을 먹고 길을 걷는다.
나무 아래에서 쉬다가 길을 걷는다. 숙소에 도착하면
짐을 정리하고 씻고 밥을 먹고 잠이 든다.
그저 계속 걸을 뿐이다.

갖고 싶은 것이 없다. 부족한 것도 없다. 오히려 필요하
지 않은데 가지고 있는 것들이 보인다. 쓰지 않는 것들
을 과감히 버리고 나니 오히려 배낭이 가벼워졌다. 적
은 돈으로도 식사할 수 있다. 매일 손으로 옷과 양말을
빨아 햇빛에 말린다. 샴푸 하나로 머리부터 발끝까지
씻는다. 빵 한 조각도 나누어 먹는다. 물 한 모금이 얼
마나 맛있는 것인지 알게 되었다.

마을은 작고 소박하다. 언제든 하늘을 볼 수 있고 흙을
밟을 수 있다. 땀을 흘리고, 햇볕에 그을리고, 발과 손
이 긁혀 피가 나고, 가방도 옷도 낡아갔지만, 나는 아주
예쁘게 웃는다. 종종 기타를 쳤다. 우리말로 노래해도
친구들은 기쁘게 들어준다. 서로 언어를 이해할 수 없
어도 함께 느끼는 순간만으로 충분하다. 매일 그림을
그린다. 일기처럼 기록하고 남기면서 그날그날의 마음
을 적어나간다. 즐겁고 행복하고 단순한 이야기들을
써내려간다. 자연 속에서 살아가는 내가 자연스럽게
느껴진다.

내가 이렇게나 건강하고 밝은 사람이라는 것을
미처 몰랐다.

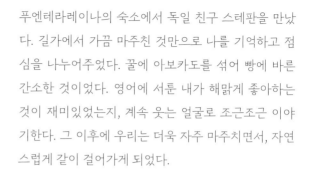

푸엔테라레이나의 숙소에서 독일 친구 스테판을 만났다. 길가에서 가끔 마주친 것만으로 나를 기억하고 점심을 나누어주었다. 꿀에 아보카도를 섞어 빵에 바른 간소한 것이었다. 영어에 서툰 내가 해맑게 좋아하는 것이 재미있었는지, 계속 웃는 얼굴로 조근조근 이야기한다. 그 이후에 우리는 더욱 자주 마주치면서, 자연스럽게 같이 걸어가게 되었다.

길가에 열린 산딸기와 호두 등을 따서 바로 먹기도 하고, 개울을 발견하면 조용히 물 흐르는 소리를 같이 들었다. 스테판과는 많은 말을 하지 않아도 즐겁다. 서로 잘 모르지만 편안하다. 조금 앞서 걷다가도 금세 뒤를 돌아 나를 기다려주고, 길가에 핀 꽃을 꺾어다가 내 가방에 꽂아주곤 한다. 친구와 함께하는 길은 더욱 아름답다.

때로는 어딘가를 향하기도 하고
때로는 누군가를 만나기도 하고
나를 기다리는 이
나를 반겨주는 이 없더라도

이 길 위에서 배운 것은
웃으며 인사하는 법
미소로 반기는 법

그렇게 살 수 있다면
더욱 세상이 아름다워지겠지.

스테판과 함께 걸은 지 일주일, 산티아고 순례길을 걷기 시작한 지 스물두 번째 날, 작은 시골길과 산길만을 걷다가 도시 레온에 도착하니 마치 꿈을 꾸는 것 같다. 아니, 이제껏 걸어온 길들이 꿈처럼 느껴진다. 백만 명이 넘는 사람과 넘쳐나는 플라스틱 덩어리와 소음. 길을 걷는 것이 아니라 모두 정신없이 돌아다닐 뿐이다. 어디로 가야 할지 모르겠다. 표지도, 하나뿐인 길도, 나비도, 햇살도 없다. 스테판은 내 손을 꼭 잡고 잔뜩 인상을 쓴 채 도시를 거부했다.

하지만 나는 왜인지 다시 무언가를 사고 싶어졌다. 색다른 것이 먹고 싶어졌다. 그래서 그의 손을 놓았고, 스테판은 한참이나 그 자리에 서서 내가 떠나는 모습을 지켜보고 있었다. 숲에서, 들판에서, 갈색 길 위에서 자연스럽게 어울리던 내 모습이 도시 한복판에서 덩그러니 놓여 있음이 느껴질 때쯤에야 스테판의 눈빛이 떠올랐다.

나는 또 똑같은 실수로 소중한 사람을 잃고, 다시 길을 잃은 어린아이처럼 혼자 헤매야 했다.

다시 도시를 떠나 길을 걷는다.
길가에 나비 한 마리가 죽어 말라붙어 있다.
그 나비도 세상을 훨훨 날던 때가 있었겠지.

닳아가는 신발 안의 뒤꿈치에는 굳은살이 박여서
더는 아프지가 않다. 피부가 그을어 검어졌다.

때로 비현실적일 만큼 행복한 순간이 오면,
시간이 흐르고 있다는 사실을 잊어버린다.
그렇게 아름답고 행복하기만 한 것이 삶이라면 얼마나 좋을까.

다시 스테판을 만나고 싶다. 하지만 어디쯤을
걷고 있는지 알 수가 없다. 그대로 놓아두어야 할지 잡아야 할지
잘 모르겠다. 혹시나 뒤에 있지는 않을까 문득문득 뒤를 돌아봤다.

스테판을 만나려고 빨리 걸었던 탓인지,
어느새 이 길이 끝나가고 있다. 왜인지 슬퍼진다.

며칠이 지나고 나니 담담해진다. 스테판을 만나지 못해도 어쩔 수 없다.
누군가를 쫓아가는 게 아니라 내게 주어진 남은 시간을 온전히 누려야 한다.
지난 시간만큼 더욱 멋진 것들이 앞에 펼쳐져 있을지도 모른다.

오전 9시, 짐을 꼼꼼히 정리하고 9시 30분에 문을 여는 가게에서 바나나 두 개와 배 하나를 샀다. 들판에 누워 쉬기도 하고 그림도 그린다. 아는 사람은 단 한 명도 마주치지 못했다. 처음으로 아주 느리게 사색하며 걷는다.

소설 《연금술사》의 주인공 산티아고는 삶의 표지를 따라갔다. 내 삶의 표지는 무슨 색이고 어떤 모양일까. 나는 아직도 나의 표지를 찾아 헤매는지도 모르겠다. 결국 보물을 찾지 못하더라도 이토록 많은 것을 보고 느끼고 그려낸 것만으로 충분하다. 삶에 길을 이어주는 노란 표지 따위는 없다. 스스로 생각하고 스스로 길을 찾아야 한다.

길의 끝에 도착하려고 걷는 것이 아니다. 길을 걷는 것 그 자체가 중요한 것이었다. 함께 걷던 길의 마지막은 결국 혼자였다. 그래도 같이 걷고 있는 것 같다. 언젠가부터 외롭지 않다.

나는 참 행복하구나. 바람처럼 자유롭고, 햇살과 구름, 빗방울, 나무와 새들이 나를 감싸고 있다. 건강하게 두 발로 걸을 수 있다. 이 길 위에서 나는 인연을 만나고 자연을 만나고 나를 만난다. 우연과 운명이 느껴지면, 누군가가 나의 삶에 표식을 던져주고 있는 것이 아닐까 하는 생각이 든다. 배낭에는 담아갈 수 없을 많은 것을 마음에 얻었고, 짊어질 수 있는 만큼만을 갖는 법을 배웠다.

최선을 다해 걷고, 진심으로 즐거웠다. 깊은 생각을 하
고 새로운 나를 깨달으며, 행복하게 길을 걸었다. 살면
서 처음으로 온몸과 온 정신을 다해 충실하게 살아본
기분이었다. 이 기분이 영원히 계속되진 않겠지만, 분
명 죽을 때까지 잊을 수 없을 것이다. 이 길 위에서 보
낸 이 시간들을.

엄마에게 전화를 걸었다.
살아 있어서 다행이라고. 그렇게 말했다.

나는
어떤 걸음을 걸어왔는가
어떤 이유로 걸어왔던가
걸음에 만족하고 있는가
어떤 마음으로 살아가고 있는가

아쉬워하지도 슬퍼하지도 않으리라.
그렇게 산티아고에 도착했다.

끝에 도착해보니 그다지 다른 것도 없고, 보물도 없고,
그냥 내가 있을 뿐 아무것도 없더라.

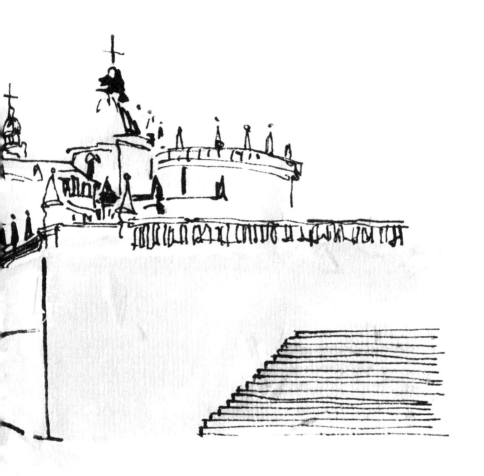

middle east

중동

더 낯설고, 새로운 곳. 바다를 건너 이집트로. 추위를 피해 더운 남쪽 나라로.
《연금술사》의 산티아고가 보물을 찾으러 가던 곳. 공기도 바람도 웃음도,
단어 하나마저 낯설어 소문만이 무성한 땅으로.

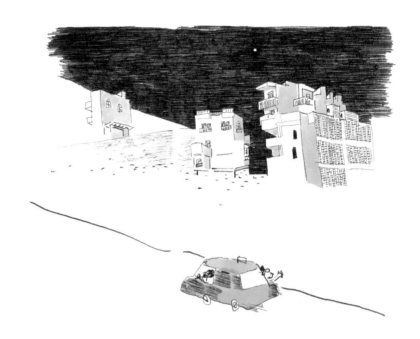

다시 돌아온 파리는 나뭇잎이 모두 떨어지고 날도 흐
리다. 사람들의 옷은 검고 두껍다. 예전에 느끼던 그 아
픈 감각, 겨울이 스며든다. 곧 크리스마스라고 거리는
온통 불빛으로 번쩍이지만, 하늘은 반짝이지 않는다.
파리는 여전히 사랑스러운 곳이지만, 마음이 다시 얼
어버릴까 봐 무서웠다. 산티아고 생각이 자꾸만 난다.
걸어야 할 것 같고, 친구들이 보고 싶다. 머물러 있고
싶지 않다. 더 새로운 곳에 가보고 싶다.

지금까지 경험한 곳과는 다른 세상일 것 같은 중동으
로 가는 비행기표를 끊었다. 가이드북 하나 없이 다시
길을 떠난다. 유럽같이 익숙한 곳이 아닌 낯선 문화 속
으로 가보기로 한다. 아무런 정보도, 아는 사람도 없이
무작정 이집트로 갔다.

파리에서 다섯 시간의 비행을 하고 이집트에 도착했다. 바다를 넘어 겨울을 건너뛰니 공기가 따끈따끈하다. 스웨터를 벗어야 했다. 반팔 티와 슬리퍼를 구해야겠네.

처음 겪어보는 무슬림 국가. 알라신은 오직 한 분이며, 하루 다섯 번 신에게 기도한다. 자신의 재산과 미덕, 영적 교류 등을 가난한 자에게 베푼다. 라마단 기간에는 거짓말을 하지 않는다. 정갈하게 생활하며 단식한다. 마지막으로 일생에 한 번은 성지 메카를 순례할 것. 무슬림은 다섯 가지 규율을 지키며 산다. 술을 금하고 간음하지 않으며 돼지고기를 먹지 않고 남의 돈을 탐내지 않으며 거짓, 도둑질, 침략 등 부도덕한 짓을 금한다. 이방인인 나로서는 그들이 철저하게 지키면서 사는지는 알 수 없지만, 신께 기도하며 삶의 태도를 다짐하는 것만으로 세상이 조금이나마 나아지지 않을까.

처음 이집트로 가면서 딱 한 군데만큼은 들르지 않겠다고 결심했던 곳이 있었다. 이집트의 수도 카이로. '혼돈의 도시'라 불리는, 갔다 온 사람마다 혀를 내두르는 곳. 하지만 결과적으로 애초의 생각과는 달리 이집트를 여행하면서 가장 오래, 가장 자주 들른 곳이 카이로였다.

처음 도착했을 때의 느낌은 '생각보다는 괜찮아'였다. 유럽과는 다른 중동 도시가 주는 낯선 느낌이 재미있어서였을까? 하지만 수백수천 대의 차가 내뿜는 뻑뻑한 공기는 견디기 힘들다. 교통신호 따윈 무시하고 무단 횡단하는 사람들과 이유 없이 경적을 울려대며 사람을 금방이라도 치어버릴 듯이 빠르게 달려오는 차들이 이리저리 뒤엉켜 있다. 잠시라도 멈춰 있지 않는다. 차가운 쇠와 콘크리트의 서늘한 공기, 쌓이고 부서지고 뒤섞인 모래와 망가지고 부러진 물건의 잔해가 나뒹구는 갈색 도시. 매연과 담배 연기, 먼지와 모래가 한데 뒤섞여 금세 콧속이 새카매진다.

혼돈의 도시라는 말처럼 과거와 현재가 순서를 지키지 못한 채 마구 쏟아져 대책 없이 쌓이기만 해서 어떻게 할지를 모르는 것 같다. 1파운드짜리 샌드위치로 끼니를 때우며 길에서 휴지를 파는 할머니가 있는가 하면, 청바지를 입고 휴대폰을 만지작거리는 청년도 있다. 곳곳에서 비싼 전자 제품, 짝퉁 수입 옷과 신발들을 판매한다. 조금만 골목으로 들어가 보면 한국 돈으로 200원에 빵 다섯 개를 팔고 있지만, 패스트푸드점의 햄버거는 우리나라에서와 비슷한 가격에 팔린다. 창고 같은 곳에서 구두 닦을 손님을 기다리던 아저씨는 지쳐 잠이 들고, 보석으로 치장한 사람들은 맥도날드에서 얼음 콜라를 마셨다.

이집트 하면 떠오르는 피라미드를 보러 갔다. 수많은 사람이 아주 오랜 시간 커다란 돌을 쌓아 왕의 무덤을 만들었다. 사막 한가운데 삼각형으로 솟은 기이하고도 오묘한 모습이다. 저 엄청난 크기의 돌들을 어떻게 옮겼을까부터 왕의 미라와 함께 묻혔던 엄청난 보물은 어떻게 되었을지, 비밀스럽고 위험하지만 흥미진진한 모험을 상상케 한다. 그 거대한 호기심으로 수많은 사람들이 이집트를 찾는 것이겠지.

아주 어릴 적에 "엄마, 나는 나중에 커서 엄청 멀리도 가보고 그럴 거예요. 피라미드 같은 데도 실제로 갈 수 있어요? 꼭 가보려고요. 낙타를 타고 사막에 가면 엄청나게 큰 피라미드가 있겠죠? 정말 멋질 거예요. 꼭 보고 싶어요"라고 하던 내가- 어쩌다 보니 진짜로 피라미드 앞에 와 있다. 그때 그 어린이에게 피라미드는 미지의 모험을 상징하는 어떤 두근거림이었을지도.

피라미드 안에 보물이 있는지 없는지는 확인하지 못했지만, 보석도 금화도 얻지 못했지만, 괜찮다. 《연금술사》의 주인공 산티아고는 환상의 보물을 찾으러 피라미드로 떠나서야 자신의 진정한 보물이 어디에 있는지를 결국 깨닫는다. 나도 그처럼 모험과 환상의 여행을 하고 있다. 지금 그 여정의 한가운데. 언젠가는 반짝반짝 빛이 나는 나만의 보물을 찾을 수 있겠지.

엄마 저, 피라미드를 보았어요.

파이윰.

산티아고가 크리스털 가게에서 일했던 작은 도시.

소설 속 장소라는 이유 하나만으로 찾아왔다.

크나큰 땅덩어리 위를 장시간 버스를 타고 달린다. 바다를 지나고 도시를 지난다. 걸음을 옮겨 다시 차를 타고 한참을 달리면 '어떻게 이곳에 사람이 길을 만들었을까' 하고 혀를 내두를 만큼 황량한 세상이 펼쳐진다. 걸어도 달려도 끝이 보이지 않는 곳. 어떤 표지도 흔적도 없어 방향을 잃어버릴 것만 같다. 낮에는 소리를 듣고 밤에는 별을 보고 걸어야 한다. 모래 위에는 바람이 만들고 간 물결이 곱게 일렁인다. 맨발로 모래 위를 걷다 보면 이대로 끝없이 빠져들 것만 같다. 바람이 어디에서 불어오는지 종잡을 수가 없다. 해가 뜨고 지는 건 눈 깜짝하는 순간보다 짧다. 황금빛이라기보다는 살구색에 가까운 옅디옅은 모래가 끝도 없이 쌓여 바람을 따라 공기를 타고 떠다닌다.

모래 위에 검은 흔적과 하얀 흔적이 올라타 검은 사막, 하얀 사막을 만든다. 사람들이 한 걸음씩 시멘트를 깔아 사막 위에 길을 만든 것이 놀랍다. 하지만 그보다 더 오래오래 긴 시간 동안 바람은 이 사막을 만들어왔겠지. 앞으로도 계속해서 남아 있을 커다란 산들이, 돌들이 눈치챌 수 없을 만큼 아주 조금씩 깎여나가고 부스러질 거다. 그 조각이 구르고 날아서 어디론가 흘러갈 거다. 나조차도 그 흐름에 힘없이 묻혀버릴 것만 같다. 놀랍고 신비로우면서도, 그 놀라움에 더해 약간의 공포심마저 드는 곳. 사막에서는 바람만이 자유롭게 살고 있었다.

검은 눈동자와 갈색 피부를 가진 사막의 아이는 자기
가 사막에서 태어났음을, 한국어와 아랍어를 배우고
말하며 살아갈 것임을 스스로 알고 있을까. 사막에서
만난 이 작은 아이가 사막을 떠나서는 살 수 없는 것처
럼, 나는 이 사막에서 살아갈 수 없다. 사람은 누구나
자신으로서 살아갈 수밖에 없음을, 벌이나 나비로는
살아갈 수 없음을 안다.

사막에서의 하룻밤은 특별하다. 한국에서 온 여행자 여럿, 일본인 아주머니와 아저씨, 러시아 아가씨, 미국에서 온 브랜든. 그렇게 와글와글 모인 멤버 모두 친절하다. 이집트 친구들이 사막 모래 위에 불을 피워서 요리해준 저녁 또한 맛있다. 갓 튀겨준 팝콘과 뜨끈뜨끈한 군고구마, 혀가 아릴 정도로 달콤한 샤이. 모든 게 특별할 바 없는 평범한 음식인데도 사막이라는 이유만으로 달리 느껴진다. 모닥불 근처에 둘러앉아 손을 녹이고, 차를 마시고, 이야기를 나누고, 춤을 추고, 노래한다. 그렇게 고요한 사막 어딘가에서 우리가 머무른다. 모래 위를 산책하는 것도, 모닥불 가까이에서 맨발을 녹이는 것도, 차 앞유리에 누워 별을 바라보는 것도 좋다.

차 세 대를 이어 붙여 만든 집을 벗어나 별을 보며 걷는
다. 한 1~2분 거리만 떨어져도 말소리가 멀어지고 불빛
이 희미해진다. 멀리 가지 못한 채 그저 주위를 빙빙 맴
돌아야 했다. 사막의 어둠은 무척이나 짙고 조금은 무
섭다. 별을 보며 감상에 빠져 걷다 보면 어느샌가 길을
잃고 돌아가지 못할 것만 같다. 하지만 별이 너무도 아
름답다. 그 아래에 끝도 없이 땅이 펼쳐져 있다. 한참을
그 어둠 속에 가만히 서 있는다. 불이 꺼지고 칠흑 같은
어둠이 점점 익숙해질 때쯤 그 흐릿한 어둠 속에 사막
여우가 나타나 유유히 지나가곤 한다.

사막 위에 서면 맨발로 걸음을 옮기거나 가만히 바람을
마주하는 것 외에는 아무것도 할 수 없다. 깊고, 넓고,
강렬하다. 사막은 너무나 거대해서, 나는 그 안에서 한
줌 모래알과 크게 다를 것도 없다. 나는 바람을 마주하
거나 때론 등을 떠밀리며 한 발 한 발 떼어나갈 뿐이다.

사막에서의 하룻밤.
밤하늘 가득 쏟아지는 별을 보면서 잠을 청한다.

이집트에 온 지 벌써 한 달이 넘었다.
어느새 여행 중반 즈음임을 예감한다.

시간만큼이나 경험도 추억도 쌓이겠지. 언젠가는 이 여행을 끝내고 일을 하고 돈을 벌고 누군가를 만나고 늙어가겠지. 내일조차도 알 수 없는 오늘은 그저, 먼 미래에도 내가 자유롭고 소중한 이 마음을 간직하고 있기를 바랄 뿐. 지금 행복하다, 그러니 다 괜찮다고 나 스스로를 토닥이며 일기를 쓴다.

여행자의 집이자 놀이터인 다합에서는 하루하루가 별일 없이 지나갔다. 스치는 사람들도 흐르는 바람도 푸르른 홍해를 바라보며 머물다 간다. 눈도 오지 않고 화려한 장식이나 시끄러운 캐럴도 없는 조용한 크리스마스와 종소리도 텔레비전 소리도 술도 파티도 없는 새해 첫날을 보냈다. 붉은 해가 뜨는 홍해 바다는 더없이 잔잔하고 평화롭다.

환갑이 되면 연애하고 싶고 마흔이 되면 할리데이비슨 오토바이를 타고 세계여행을 하고 싶다는 김광석 아저씨의 말, 삶에서 꿈꾸는 시간이 있기 마련이니 인생에서 2년 정도는 길지 않은 세월인 것 같다고, 그 정도는 마음 놓고 놀 수 있을 것 같다고, 그렇게 말하는 그의 말에 눈물이 날 만큼 위로를 받는다.

여행이나 살아가는 거나 크게 다르지 않다. 지루해도 무언가 새로운 게 있겠거니 하고 살아간다. 부담감에 불안해하기도 하고 기대감에 행복해하기도 하면서, 하루하루 살아가는 거다. 내 인생에서 짧고도 긴 지금, 나는 여전히 이곳저곳을 떠돌며 살아가고 있다.

다합 80번 방에 머문 여행자의 일기.
"만약 그대가 바다에 간다면, 나를 기억해주기를."

네모나고 하얀 작은 방 한쪽에 남겨진 이야기. 그는 무슨 사연이 있을까. 무슨 이
야기를 하고 싶었을까. 스쳐가는 시간. 흔하디 흔한 평범한 존재. 특별할 바 없는
그저 그런 나일지라도 언젠가 내가 이곳에 왔었음을, 내가 누군가를 기억하고 이
곳을 기억하는 것처럼 누군가도 나를 기억해주기를 바라는 마음.

아주 오랜 시간이 지나 이 모든 기억이 흐려질 때쯤 언젠가 다시 돌아와 추억할
수 있다면 좋겠다. 누가 나를 기억하지 못하더라도 내가 나를 기억할 수 있으면
좋겠다. 언젠가의 내가 지금의 나를 기억하기 위해 다시금 이곳을 찾아올 수 있
다면 좋겠다.

하얗고 바랜 낡은 벽 위에 그림을 그려 나를 남겨두었다.

If you are here, just remember me.

불과 1년 전, 나는 나약하고 바보 같았다. 늘 외로워하고 이유 없이 슬퍼하며 어디론가 도망칠 생각만 했었다. 그리고 도망과 떠남과 방황을 겪은 지금의 나는, 훨씬 어른스러워졌다고 한다면 성급한 판단일까. 어느새 스물여섯 살이 되었다.

나 자신은 알 수 없는 이유와 사연으로 세상에 태어나 두 단어의 이름으로 살아간다. 그동안 걷고 달리고 말하고 들으며 배운 것들은 성장의 과정이었을까, 앞으로도 그러할까. 계속해서 내 안의 어린아이를 버리고 온전한 어른이 되기 위해 살아가야 할까.

가끔은 돌아가고 싶기도 하다. 평범하게 잠들고 평범한 것을 먹고 평범한 이야기를 나누는 모국의 일상이 그립기도 하다. 홀로 떠돌며 사는 것은 자유롭지만 동시에 어디에도 계속 머물지 못하고 결국 헤어지는 운명을 받아들여야 한다는 것.

국경을 넘어 시리아로 간다. 이집트에서 만났던 친구에게 어느 수도원으로 오라는 연락을 받았다. 도시에서 한참 떨어진 마을에서도 한참을 더 들어가는 사막 한가운데, 오래된 수도원이 있다. 방황하고 떠돌던, 상처받은 사람들이 조용히 모여 산다.

마르무사 수도원에서는 매일 기도를 했다. 긴 시간 동
안 명상하다가 잠이 들기도 했다. 신부님의 말씀을 완
벽히 이해할 수는 없지만 경건함만으로도 함께 기도하
며 눈을 감은 그 순간이 특별하다.

보리빵 다섯 개로 오천 명이 나누어 먹었다던 신의 말
씀을 따르는 사람들과의 식사. 진실로 건강하고 소박
하고 풍요로운 시간이다. 우리에게 주어진 시간은 단
한 그릇의 식사 같아서 쉽사리 비워낼 수 없는 것일지
도 모른다.

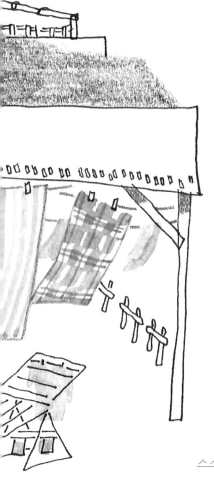

부디
나태와 자만에 빠지지 않게 하시고,
남을 시기하거나 질투하여 저 자신으로 하여금
스스로를 소중히 여기지 못하는 일이 없도록 하시기를.
이곳에 함께하는 모든 이에게 밝은 빛이 내리쬐어
깊은 곳 숨겨진 슬픔, 아픔 같은 것들이 사라질 수 있기를.
서로를 위안할 수 있기를.

사막 한가운데에 있으니 시간이 흐르는 게 눈에 보인
다. 바람이 모래를 스치고 하늘이 시계의 방향에 따라
다르게 물든다. 때로 눈이 내리면 검은 모래가 하얀색
으로 가려진다. 밤마다 수백만 개의 별이 빛나고, 아침
마다 따사로운 햇살이 잠을 깨운다. 아무런 예정도 없
는 내일이지만 "뭐든 괜찮아. 다 좋을 거야"라고 말해
주는 듯한 풍경 앞에서는 웃을 수밖에. 햇살이 머리를
토닥인다.

외부와 단절된 수도원에서 한 달을 지내다 보니 이곳이 세상 전부처럼 느껴진다. 전쟁이 나고 긴급 뉴스가 보도되더라도 이곳에서는 아무것도 모른 채 평화롭게 살 수 있을 것만 같다. 실제로 평화롭고 여전하던 어느 보통의 날, 바깥세상에서는 폭동이 벌어져 많은 사람들이 죽었다. 산티아고를 걸을 때 친구가 발목에 작은 돌을 매어주면서 그 돌이 죽음을 막아준다고 했다. 진짜 효과가 있었던 건지는 알 수 없지만 이집트와 시리아에서 벌어진 유혈 사태를 모두 피해 한 번도 위험한 일을 겪지 않았다. 그저 운이 좋았을 뿐이었을까.

말보다는 침묵이 가치롭다. 너무 많은 말을 했다는 생각이 들면 하루 정도 전혀 말을 하지 않고 지낸다. 말을 하지 않으면 생각이 깊어지고 행동이 조심스러워진다. 나의 것을 성급히 이야기하지 않고, 사소한 것도 신중하게 받아들이려 한다. 말하기보다는 듣고, 보고, 느낀다. 그런 여백을 두어야 나 자신을 바라볼 수 있다.

세상의 모든 시간을 노래할 수 있다면,
각 나라의 언어, 영어, 아랍어, 스페인어를 모르더라도
때론 새들의 언어를 이야기할 수 있다면

무조건 사랑한다는 달콤한 말보다
그저 사랑하는 바보 같은 마음을 노래할 수 있다면.

하늘이 참 푸르다, 별이 참 예쁘다, 하루가 참 짧다,
그런 사소한 이야기를 노래할 수 있다면.

아주 적은 노랫말로도
이 아름다운 풍경과 소중한 사람들에 대해 노래할 수 있다면,
그럴 수 있다면.

점점 더 나는 여행자다운 모습이 되어갔다. 한국 사람
인지 몰랐다는 말을 들을 정도로 낡고 초라한 옷차림
이다. 부서진 기타를 치고 그림을 그린다. 날이 추워지
면 누군가 두고 간 옷과 모자 등등을 대충 겹쳐 입는다.
서울에 있을 때 늘 예쁘게 화장하고 단정한 옷을 입던
나는 상상도 하지 못할 모습이다. 그러나 더 편안하고,
더 자연스럽다. 지나치지 않고 사치스럽지 않다.

가진 것만으로도 충분히 살아갈 수 있어서 좋다.
그런 여행을 계속하고 싶다.

튀르키예 이스탄불의 신밧드 호스텔에 머물다 보니
만나는 사람들마다 나의 여행을 궁금해한다.
어느새 나는 재미있는 이야기를 가득 가지고 있다.

떠돌면서 산 지 어느새 1년이 넘었다.
지난 시간을 돌아보며 다시금 일기장을 읽듯 그림을 펼쳐본다.
언젠가는 친구에게, 가족에게, 많은 사람들에게 내 이야기를 들려줄 수 있을까.

자주 그리고 많이 웃을 것,

현명한 이에게 존경받고 아이들에게서 사랑받는 것,

정직한 비평가의 찬사를 듣고 친구의 배반을 참아내는 것,

아름다움을 식별할 줄 알며 다른 사람에게서 최선의 것을 발견하는 것,

아이를 낳든 한 뙈기의 정원을 가꾸든 사회 환경을 개선하든

자기가 태어나기 전보다 세상을 조금이라도 살기 좋은 곳으로 만들어놓고 떠나는 것,

이 땅에 잠시 머물다 감으로써 단 한 사람의 인생이라도 행복해지는 것,

그것이 진정한 성공이다.

랠프 왈도 에머슨

따스한 차 한 잔을 손에 쥐고 눈을 감고 사색하며 살고 싶다.
많은 별과 따사로운 햇살의 아름다움을 이야기하고 싶다.
푸른 산과 파란 하늘과 끝없는 바다를 내 일기장에 그려놓고 싶다.
나 혼자 이루고 배운 것은 결국 하나도 없었다. 내가 만난 사람들과
내가 겪은 세상, 나를 둘러싼 것들이 알려준 것이었다.
슬프고 아픈 것도, 기쁘고 즐거운 것도, 모두 순간이자 영원이어서
삶을 일구어가는 재료가 된다.

어떻게 살아야 하는지 알고 싶어서 떠난 길.
여전히 언제 돌아가겠다는 기약도 없이
그렇게 여지껏 어딘가에서 살아가고 있다.

중동에 머문 지 어느새 반년이 지났다.

일기장을 뒤적거리다, 도저히 잊히지 않는 산티아고 순례길을 한 번 더 걷기로 한다.

무작정 다시 스페인으로 간다.

Camino

두 번째 카미노

산티아고 길 위로 다시 돌아왔다.
나는 아주 간소한 것들만 짊어진 배낭과
낡은 옷, 그을린 피부의 모습이다.

따뜻한 나라에서 반년을 보내고 다시 유럽으로 돌아오니, 내가 겪지 않은 겨울이 끝나고 봄이 오고 있다. 열악한 환경의 중동에서 정돈된 도시로 돌아오니 많은 것이 어색하다. 이전에는 당연하게 생각했던 것들이 이제는 낯설게 느껴진다.

늦여름에서 초가을 무렵에 봤던 스페인의 풍경과는 다르다. 새로운 증명서를 받아 들고 두 번째 조개껍데기를 가방에 달았다. 조개껍데기와 증명서는 새것이지만 가방은 그때와 달리 많이 낡고 색이 바랬다. 다시 똑같은 길을 걷기 시작한다.

다시 찾은 길은 여전하지만 달랐다. 저 골목을 돌면 내가 헤매던 거긴데, 같이 걷던 친구들이 있었는데, 저기서 카페 콘 레체를 마셨었는데, 저 화방에서 크레파스를 샀었는데… 아무것도 변한 게 없는 곳인데 왜인지 낯설기만 하다. 팜플로나의 카페 아저씨도 없고, 푸엔테라레이나에도 스레판이 없다.

그 사람들과 그 시간이 그리워 돌아왔지만
그 무엇도 남아 있지 않다.

처음만큼 설레거나 아름다워 보이지 않는다. 이런 식
으로 나이를 먹으며 살아가는 동안 이미 겪었던 일들
에 감흥이 굳어 무덤덤해져 버리는 걸까. 결국 내 마음
의 문제일 것이다. 길이 아니라 같이 걷던 사람들과의
웃음, 눈물, 감동, 추억들이 그리웠던 거였다.

서울이 그리운 게 아니고 그때 그 사람들과의 그 시절이 그리운 거다. 돌아가더라도 이젠 없는 곳이구나. 그 시간, 그 장소, 그때의 우리는 이제 더 이상 존재하지 않는다.

다시 노란 화살표를 따라 하릴없이 걷는다.
산티아고에 도착하기 위해서라기보다는
그냥 산책하듯 이 마을을 지나 저 마을로 간다.

새로운 친구들을 만난다.
길에 두 번째로 찾아왔고 가을의 풍경도 아름답더라며
지난 이야기를 들려주기도 한다.

가을에는 황금빛이었던 언덕이 푸른빛으로 가득하다.
불어오는 바람을 따라 풀이 흔들리고, 순례자들이 바
람을 따라 걷는다. 언덕을 넘어가면 그때 만났던 그 친
구가 아직도 그곳에 살고 있을까. 여전히 조용하고 평
화로울까. 다시 즐겁게 걸을 수 있을까.

익숙한 풍경이어서 길을 걷는 것은 어렵지 않았다. 동
네 빵집이나 숙소 주인들이 다시 찾아온 나를 알아봐
준다. 어느 길이 편하고, 어느 식당이 맛있는지 안다.
이전에 아쉽게 들르지 못한 곳에도 들른다. 지난 시간
길 위에 남겨두었던 그림들도 다시 봤다. 스쳐 지났던
사소한 것들이 기억난다.

그리운 것은 그리운 대로 남겨두고,
이제는 새롭게 닥쳐올 무언가를 기대해야 할 시간.

삶은 때로 거짓말. 연극 무대 위에 선 우리는 모두가 지켜보는 가운데 자기 몫을 다하려 최선의 연기를 하고, 무대 뒤편에 숨겨진 커튼 뒤 이야기는 가슴 깊숙이 묻어두어야 했다. 가끔은 그 무거운 이야기가 박스 속에서 튀어나와 '이건 다 거짓말이야!' 하며 모든 것을 부정하고 다 뒤집어 엎어버리고 싶은 충동이 든다. 하지만 그럴 수 없기에 우리는 잠시 이곳으로 도망쳐 왔다. 다시 돌아가면 누군가의 엑스트라가 아닌 나 자신이 주인공이 될 수 있을까.

그동안의 여행이 무엇을 바꾸어놓은 걸까.
서툴고 나약하던 내가 어느덧 훨씬 단단해져서
자연스럽고 편한 모습으로 길을 걷는다.

스페인어로 하나, 둘 숫자도 셀 줄 몰랐는데 스페인 사람들과 두런두런 이야기할
수 있다. 신발 끈 매는 법도 제대로 모르던 내가 다른 순례자들에게 카미노에서
챙겨야 할 것들을 알려준다. 작은 일에도 눈물이 울컥하고 나오던 그때의 나는
어디로 갔는지, 이제는 담담히 뭐든 해낼 수 있다.

삶의 즐거움, 의미, 이유를
고민하고 알고자 노력하는 이는 얼마나 될까.

무엇이든 마음먹기에 따라 다르다. 아름다운 풍경도, 멋진 순간도,
좋은 사람도 내가 느끼고 받아들이지 못한다면 의미가 없다.

슬프고 힘든 순간도 견뎌내기로 마음먹으면 조금씩 괜찮아졌다. 외로움도 외롭지 않다고 다독일 수 있었다. 이제껏 나는 상황이나 타인을 탓하며 외롭다, 슬프다, 힘들다고 투정 부리며 사실 나 스스로를 미워한 것은 아니었는지.

오늘도 길을 걷는다.
오늘도 어떤 길일지 전혀 알 수 없다.

무엇이 사람을 바꾸어놓는 걸까. 젊은 날의 경험, 세상의 풍파,
원하지 않아도 겪어야 했던 것들이 나를 만들었을까.

주어진 책임이 사람을 짓누른다.

무언가를 해야 해, 무엇이 되어야 해, 그런 것들이 나에게 무엇을 남겨주었나.

여지없이 계속해서 길을 걷다가 많은 사람을 만난다.
여러 사람과 이야기를 나누고 함께 길을 걷는다.
다들 여러 이유로 이곳에 찾아왔다.

잇힌 사람은 누구이고, 잊은 사람은 누구일까. 혼자일 때가 되어서야 마음이 편한 내 생활을 유지할 수 있다는 건 슬픈 일일까.

세상은 완벽하지 않고 누구도 완벽하지 않지만
사람은 완벽해지려 하고 세상은 여전히 그대로지.

어디로 가야 하나, 나는 누구인가.
이 짧고 단순한 질문을 내내 안고 길을 걷는다.
언젠가는 물을 수 있을까. 여행은 어땠니, 그 걸음은 행복했니? 라고.

산티아고에 도착하지 않아도 상관없다는 생각이 든다.

어느 마을에서 그를 만났다. 상처를 안고 이 길에 찾아온 그의 이야기를 들었다. 상처를 잊으려고 떠났던 내 이야기를 들어준다. 짧지 않은 시간 동안 함께 걸으며 서로의 이야기를 나누었다. 점점 함께 있는 것이 좋아진다. 더 가까워진다. 사랑이라 말할 수 있는지는 모르겠지만, 사랑이 아니라면 무엇이었는지도 모르겠다. 세상에 둘뿐인 것만 같은 순간과 앞에서 뒤에서 기다려주고 같은 곳을 바라보며 옆에서 함께 걷던 시간. 길가의 들꽃으로 만든 소박한 꽃다발도 소중히 간직해두었다.

그리운 기억뿐이던 허전한 길이 다시 새로운 기억으로 덧씌워지고 있다. 길에 봄이 찾아왔다. 같은 길이 다르게 느껴진다.

스페인의 봄은 지나치게 아름답다. 온통 새롭고 향기로운 것들이다. 그래서 그 빛이 오래가지 않는다는 사실을 잠시 잊어버렸다. 손 안 가득히 꺾어다가 간직하고 싶었다. 하지만 욕심내어 꺾어버린 그 순간 봄은 지고 말았다. 너무나 순식간에. 봄비가 오고 그치는 것처럼, 마치 여우비 같은 그런 잠깐의 짧은 기억.

우리는 산티아고를 향해 같이 걸어갔지만 헤어지기로 했다. 헤어지기로 한 날 아침, 여느 때와 다르지 않게 담담하게 걸어갔다. 그는 먼저 앞서 걸었다. 그의 뒤를 따라 걸으면서 나도 울었다. 그렇게 우리는 헤어졌다. 언젠가는 헤어져야만 하는 거였다. 알고 있다. 계속해서 함께할 수 없는 사람이다.

우리는 태어나며 첫 장을 펼치고 백지에 삶을 써내려 간다. 모두가 주인공이 되어 나만의 이야기를 쓴다. 백지는 어느새 검게 물든다. 정신없이 수많은 것을 적어 나가다 보니, 어느새 몇 장 남지 않았다는 걸 깨닫는다. 이대로 끝내고 싶지 않은데, 아직도 적어야 할 수많은 이야기가 있는데.

어찌할 수 없이 원하든 원하지 않든 마지막 페이지를 채워야 할 때를 맞이한다. 이야기를 끝내야 한다.

앞의 페이지를 뒤적여 보니, 나는 어쩜 그리도 순수하고 맑고 솔직했을까. 그렇게도 바보 같고 어리석었을까. 보통의 흔하디 흔한 주인공만이 덩그러니 남아 있다. 시작은 무슨 이야기를 풀어내야 할지 몰라 허둥댔다. 예고도 없이 그렇게 사랑이 다가오고, 사랑이 떠나갔다. 절정은 이미 울고 웃는 사이 넘겨버린 지난 페이지에 있었다. 바꾸거나 늘리고 싶지만 소용없다.

결말은 그저 놓아두어야 한다. 받아들여야 한다. 이야기가 아름답게, 가슴 깊이 남게 하려면 그래야 한다. 알고, 있다.

깨달음은 언제나 늦다.
그때는 그게 얼마나 소중한지 몰랐다.
그때는 내가 얼마나 바보 같았는지 몰랐다.
그때는 그 순간이 얼마나 행복한지 몰랐다.
그때는 그 순간이 이렇게 슬퍼지리란 걸 몰랐다.

나는 그 누구에게도 영원을 약속할 수가 없었다. 세상은 변하고 나도 너도 변하게 되면 좋았던 순간까지 사라지는 게 견딜 수가 없었다. 외로워서 사람을 만나면 더욱 외로워졌다. 사실 모두 내 탓이다. 내가 사람을 외롭게 만들었다. 내가 상처를 받았다고 생각했지만 내가 상처를 주고 있었다. 나만 외로운 것이 아니었다. 모두가 외롭게 삶을 살고 있었다. 사랑하며 살아야 했다. 외로움도 슬픔도 견뎌내야 했다. 나는 그러지 못했었다.

아름다운 순간이 끝났다. 짧은 순간이어서 더 소중했다. 다시 길을 끝내야 할 때가 오고 있는데 더 이상 가고 싶지가 않다. 느리게 걸어서 시간을 잡고 싶다. 하지만 시간은 여전히 빠르게 흐른다. 한 걸음 한 걸음 걸을 때마다 끝이 다가온다.

세상은 끊임없이 나에게 질문을 던진다. 나를 수없이 시험에 들게 하고 해답은 알려주지 않은 채 또 다른 질문을 던진다. 그리고 다양한 방식으로 힌트를 준다. 때로는 고통이고 때로는 기쁨이다. 그때마다 나는 정신없이 휘둘려가며 견뎌내야만 했다. 한 구절, 한 마디, 한 글자까지 모두 꼼꼼히 해석해내고 난 뒤에야 '아, 이런 것일지도 모르겠다'라고 깨닫는 찰나의 순간이 온다. 사실 해답은 없었는지도 모른다. 왜냐하면 힘들게 알아낸 해답 그 자체가 또다시 물음이 되었기 때문이다. 또 그것을 풀어내야만 했다. 우연이란 없다. 사실은 필연적인 것들. 나는 나로 태어났기에 그 대가를 치르지 않으면 안 되었던 것이다. 삶을 끝내지 않을 거라면 받아들일 수밖에 없다. 그렇게나 삶은 잔인하다. 그럴 때마다 나는 나이라는 것을 먹는다. 숫자가 아닌 진짜 나이를 먹는다. 조금 더 죽음에, 해답에 가까워져간다. 계속해서 묻고 답하다가 죽게 되겠지. 해답 근처쯤에서야.

인생은 그 무엇도 준비해놓은 것이 없거나
모든 것을 정해둔 채 나를 맞이한다.
나는 늘 서툴고 부족하다.
우린 너무 많은 것을 가진 만큼 계속 살아가야만 한다.
많은 걸 알고 있기에 더 많은 상처를 입고,
너무 많은 짐을 어깨에 졌기에
누군가를 위해 대신 짊어질 수도 없다.

수풀 위에 눕는다.
바람이 차다.
아빠가 그립다.
서울의 찬 바람도
이집트의 낯설던 향내와 바닷소리도
문득, 아득하게 떠오른다.
어느새, 여정의 마지막.

산티아고에 도착했다.
하지만 끝이라는 생각이 전혀 들지 않는다.
내가 어디를 향해 걸었는지도 모르겠다.
여전히 헤매고 있다.

늦은 저녁 10시 30분. 산티아고 성당 뒤에서 누군가가
이름을 알 수 없는 악기를 연주한다. 그대는 누구인가,
하고 나에게 묻는다. 웃어라. 노래하고, 울고, 소리치
고, 화내고, 사랑해라. 그렇게 말한다.
시간이 제멋대로 흐르게 놓아둔다. 걸어가던 내가 멈
춰 있다. 나는 아무 데도 없고, 아무도 아니다.
금세 노래가 끝났다.

산티아고에서 일주일을 머물렀다.

또 나는 이 길을 그리워해야만 할 것 같다.

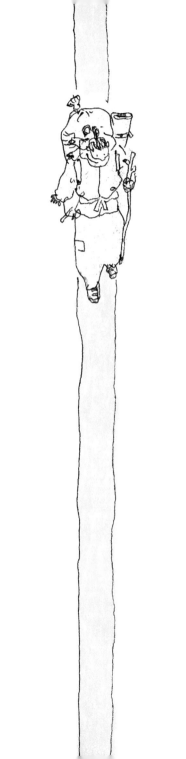

부디 행복하길.

아디오스,

Adios.

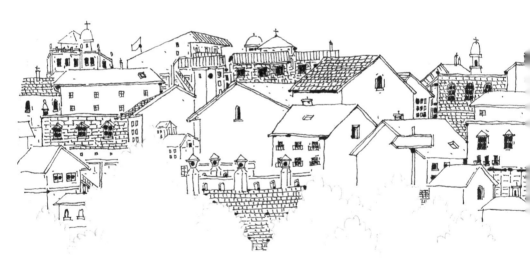

Finisterre

피니스테라

조금 더 걷고 싶다. 산티아고에 도착했지만 이전과는 달리
여정이 끝났다는 홀가분함도, 목적지에 도달했다는 성취감도 없었다.

두 번째 길이기 때문만은 아닐 것이다. 많은 것을 덜어 내는 법을 배우고 걸음을 가볍게 하기 위한 길이었는데, 오히려 지금의 나는 마음이 무거워 모든 게 버거운 기분마저 들었다. 이건 슬픔일까 허무함일까 쓸쓸함일까. 어떤 이유로든 이 소중한 여정의 끝을 이렇게 남겨 둘 수는 없다.

산티아고를 떠나 피니스테라로 걷기 시작했다. 버스로 두 시간이면 갈 수 있는 거리지만, 두 발로 걸어간다. 산티아고 길과 달리 순례자는 거의 없었다. 복잡한 도심을 떠나 다시 화살표를 따라, 산길로 걷기 시작했다.

처음 오는 낯선 길. 무척 덥다. 이제야 봄이 자리 잡았다고 생각했는데, 여름이 고개를 들고 있다. 봄날은 끝났다. 봄은 잔인할 만큼 아름다웠다. 아직도 배낭에는 겨울옷이 있다. 금세 또 가을이 오고, 겨울이 올 것만 같아 버릴 수가 없다. 오늘도 걷는다. 어디에 도착할 필요는 없다는 듯이 느리게 걸어간다.

"뽀끼또" 하고 조금만 달라고 말해도 빵을 커다랗게 한 뭉텅이 잘라주면서 돈을 받지 않겠다는 무심하고 시크한 빵집 아저씨와 1.10유로짜리 커피에도 카스텔라를 잔뜩 얹어주는 바쁜 카페 아가씨, 힐끔힐끔 쳐다보다가 5분 동안 길을 알려주는 잔소리쟁이 아줌마를 만난 동네 바. 낯선 곳에 낯선 이가 다녀갔다.

마을 사람들은 저녁을 먹으며
낯선 아이를 만났다고 잠시 수다를 떨겠지.

cafe con leche.

끝나지 않을 것만 같던 여행도 막바지에 접어들었다.

한때 지루한 일상을 견디지 못해 떠났던 그곳이 생각난다.

나는 또 금세 후회하고, 뒤늦게 깨달을 거다. 후회하지 않을 자신은 없다. 이젠 인정할 수 있다. 이제껏 많은 후회와 두려움을 지나 여기까지 왔다. 앞으로도 그런 시간이겠지. 뒤돌아보고, 잊지 못하고, 후회하고, 그리워하며 살겠지. 그래도 그냥 고스란히 안고서, 무겁고 힘들어도 걸어가야겠다.

야곱을 다시 만났다. 같이 걸어가기로 했다.

야곱이 오늘은 바다를 볼 수 있을 거라고 했다.

산과 도시를 지나 우리는 땅끝 어딘가로 가고 있다. 산도 나무도 고요히 머물러 있는데 바다는 깊이도 너비도 알 수 없다. 무엇을 가졌는지도 모르겠다. 바다로 사라지는 해는 아름답다. 사실 해는 사라지지 않는다. 바람도 사라지지 않는다. 그저 흘러갔을 뿐이다. 금세 바람이 다시 불고, 다시 해가 떠오를 거다. 늘 그렇게 존재하고 있다.

묵시아를 지나 피니스테라에 도착했다.
정말로 길이 끝났다.
지구가 둥글지 않았을 때,
콜럼버스가 세상의 끝이라고 생각했던 곳.
끝도 없이 펼쳐진 바다가 보이는 등대와
조용한 해변이 있는 작은 마을.
이전에 찾아와서 무지개를 보았던 날과는 달리
날이 흐리고 구름이 가득하다.

마음이 평화로워졌다.
이젠 멈추어도 좋다.

이젠
쉬어도 좋아요.
수고했어요.
참 잘했어요.

이곳에서
다시 만난 듯한
내친구, 야곱.
당케쉔.
고마워요.

이제 걷지 않아도 된다는 사실을 깨달았다.
가벼운 슬리퍼를 신고 나왔다.

피니스테라에서 또 다른 친구들을 만나 열흘 정도를 함께 어울렸다. 우리는 아침에 일어나면 핫케이크 몇십 장을 구워 먹고는 길가의 꽃을 따서 꽃병에 꽂아두거나 식탁에 모여 종이접기를 하면서 게으르게 시간을 보냈다.

해 질 무렵이면 해변에 나가 기타를 치고 노래를 부르며 아이처럼 놀았다. 어디서 와인병을 구해온 야곱은 나에게 편지를 써서 바다에 던져버리라고 했다. 이 와인병을 다른 바다에서 줍는 상상을 하며 힘껏 던졌다. 하지만 다시 내게 되돌아오는 일은 없을 것이다.

전하고 싶은 말은 잘 지내, 안녕히 따위가 아니라
고마웠어, 행복했어, 그리울 거야 같은 말이었다.

나를 그리워했던 사람
나를 사랑해주던 사람
내게 위로받던 사람
나의 소중한 사람
내겐 잊지 못할 사람
부디 행복하길.

이제는 그리움 따윈 남겨두지 않고
떠나야 할 시간이다.

camino de
santiago
Muxia
FINISTERRE
2011

이젠 정말, 안녕.

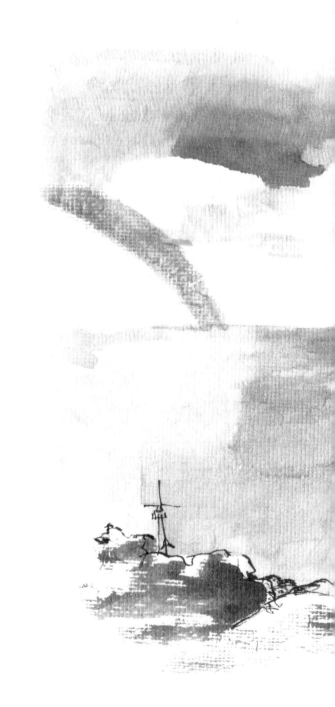

India

인도

나는 어느새 2년 가까이 떠돌고 있다. 정말 많은 그림을 그리고 일기를 썼다.
살면서 이렇게 나 자신에 대해 깊게 생각하고, 다양한 세상을 경험하고 기록한 적이 있었나.
아마, 인생을 통틀어 이후에도 없을 거라는 예감이 든다.

그 사람은 인생의 기로에서 산티아고와 인도 중 어디
로 떠날지 고민했었다고 했다. "나 대신에 가보고 이야
기 들려줘" 하고 연락이 왔지만, 답장은 하지 않았다.
이젠 지나가버린 인연으로 남겨둔다. 다른 여행자들에
게 인도 이야기를 너무나 많이 들었던 터라, 어떤 곳일
까, 호불호가 그렇게 극명한 여행지라니. 솔직히 예전
만큼 설레거나 두렵지 않다. 사치스러운 소리다. 다시
멀리 떠나는 낯선 대륙이 나에게 또 다른 설렘을 안겨
주기를.

인도에 가기 위해서는 비자가 필요했다.
체류하면서 비자를 받을 수 있는 나라를 찾아보았다.
인도와 가까운 섬나라, 스리랑카에 가기로 했다.

스리랑카는 끔찍하게 더웠다. 그냥 덥다라는 말로는
부족한, 정말 엄청난 습기와 더위였다. 공항과 가까운
바닷가 마을 콜롬보 어딘가의 허름한 숙소에 짐을 풀
고 침대에 누웠다. 터덜터덜 돌아가는 천장의 선풍기
는 전혀 쓸모가 없었다.

차가운 물을 사러 나가는, 걸어서 겨우 5분 거리의 상
점에 다녀오는 것만으로도 온몸이 땀으로 찌들어 하루
에 샤워를 다섯 번씩 해야 했다. 더위에 지쳐 내내 아무
것도 못 하고 침대에 녹아 있다가, 해가 질 때쯤이 되어
서야 밖으로 나가 바닷가를 산책했다.

해변에서 그물을 정리하는 할아버지 옆에 앉아 바람을 맞는다. 이 바람은 어디서 오는 걸까. 이스탄불에서, 피니스테라에서, 혹은 서울에서부터 불어오는 건 아닐까— 하고 그리움이 더해져 생각에 잠겼다. 나도 바람처럼 흘러가네. 내 여행은 어디까지 불어갈까.

더위를 피해 기차를 타고, 높은 곳으로 갔다. 해발 고
도 400m가 넘는 캔디는 확실히 덜 더웠다. 호수 근처
를 돌아다니다 방갈로에 숙소를 잡았다. 스리랑카 전
통 가구로 채워진 아름다운 방이었다. 아침에는 아이
들 노래 소리가 들리고, 오후엔 나무가 흔들리는 박자
에 맞춘 새소리, 저녁엔 귀뚜라미 소리가 들려왔다. 지
붕을 타고 노는 원숭이들도 볼 수 있었다. 오랜만에 느
끼는 평화롭고 아늑한 날이었다.

그러나, 이틀 째 밤이었다. 심상치 않은 열감에 잠에서
깼다. 구토와 설사를 동반한 온몸이 찢어질 것 같은 고
통을 혼자 3일 동안 참다, 이건 뭔가 잘못되었다는 생
각이 들어 거의 기어가다시피 울면서 병원을 찾아갔
다. 검사를 한 뒤 링거를 맞으며 기절하듯 깜빡 잠이 들
었는데, 소란스러운 소리에 눈을 떴다. 갑자기 나를 응
급차에 실어 어디론가 데려갔다. 그렇게 외곽의 큰 국
립 병원에서 무려 일주일을 입원했다. 병명은 뎅기열
이었다.

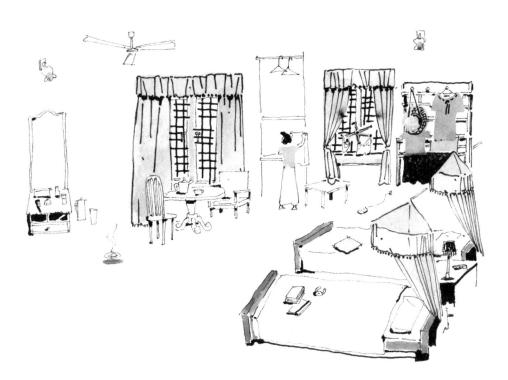

바닷가 마을에서 물렸던 이상하리만치 크고 가렵던 모기 탓이었다. 치사율이 50%에 달하는, 감기 몸살인 줄 알고 방에서 계속 참았다면 죽었을지도 모르는, 40도가 넘는 고열의 중병이었다. 내가 무거운 배낭을 메고 걷고 뭔가를 먹고 마신 적이 있긴 했으나, 싫을 정도로 몸이 제 기능을 못했다. 물에서는 쓴 맛이 났고 유일하게 먹을 수 있는 게 오렌지주스 정도 뿐이었다. 링거로 연명하는 바늘 자국으로 시퍼렇게 멍든 팔에는 감각이 없었고, 씻을 수도 먹을 수도 없어 그저 참아야 했다. 괴로웠다. 내가 대체 여기서 뭘 하고 있는 건지. 그때 하염없이 바라본 병원 천장의 풍경을 잊을 수가 없다.

다행히 천천히 열이 내렸고 조금씩 나아졌다. 숙소에서 만났던 언니가 매일 찾아와 간호해준 덕분이었다. 그간 병원 사람들과도 정이 들었고 놀랍게도 스리랑카 국립 병원의 치료비는 무료였다. 위험한 병을 이겨낸 것만큼이나 천만 다행이었다. 인생 최대의 쓰라린 경험을 이렇게 겪어내는구나, 하고 마음을 다독였다. 그동안 살이 많이 빠지고 머리가 많이 길었다. 늦은 오후에는 호수를 따라 걷다가 천천히 캔디 시장에 가서 수박이나 오렌지 같은 것을 사왔다. 분주한 거리에는 코끼리가 다니거나 까마귀가 시끄럽게 울고 박쥐가 날아다녔다. 아팠던 동안 인도 비자가 발급되었다. 스리랑카에서 보낸 2주, 정말 이상한 여행이었다.

비행기를 타고 한 시간 반 정도 걸려 델리에 도착했다.
인도는 이집트나 시리아 같은 느낌이 아닐까, 하고
예상했던 것과는 달리 더욱더 새롭고 충격적이었다.
가슴이 다시 뛰기 시작한다.

소문보다 더 덥고 정신없는 곳이었다. 한국에서 첫 배낭여행을 왔다는 몇 사람은 계획한 일주일을 견디지 못하고 이틀 만에 돌아갔다. 스리랑카에서 고생을 하고 온 탓일까, 나는 이상하게 괜찮았고 오히려 인도가 마음에 들었다. 정돈되지 않고 불규칙한, 엉망으로 엉키고 어질러진 세상이지만, 흥미롭다.

인도 빠하르간지에는 사람뿐만 아니라 짐승과 쓰레기, 배설물이 뒤섞여 있다. 수없이 많은 툭툭과 정신없는 경적 소리, 그 사이로 소와 개가 질서 없이 돌아다닌다. 모험에 뛰어든, 비현실적인 영화 속에 던져진 기분이다. 느릿느릿 거리를 걷다 보면 쓰레기 옆에서 밥을 먹거나 아이를 안고 돈을 구걸하는 사람들을 지나친다. 굶주림에 지쳐 잠이 든 아이, 릭샤에 누워 하루를 견뎌내는 노인. 많은 사람이 가난하고 힘겹게 살아가고 있다. 살아남기 위해서, 어떻게든 살아야만 한다.
일하는 자만이 빵을 얻고, 고뇌에 잠겼던 자만이 평온을 얻고, 지하 세계로 내려가는 자만이 사랑하는 이를 구하고, 칼을 뽑는 자만이 이삭을 구한다는 말이 있다. 숨을 쉬고 움직이는 나는 분명히 살아 있다. 그동안 무엇이 그토록 힘들고 어려웠는지를 생각해보면 그저 살아간다는 것 그 자체가 아니었나 싶다.

어떻게든 살아 있기에,
내가 이곳에 손재하고 있는 것이겠지.

나는 어떤 삶을 살아가고 있나? 모르겠다. 세계는 이렇게 넓지만, 나의 세상은 여전히 좁다고 느껴지기도 한다. 돌아다니고 경험하면 할수록 깨닫는다.

바람이, 아주 길게 불었다. 나는 그 바람을 따라 걸었다. 때론 느리게, 때론 빠르게. 멈춘 적도 있지만 아주 잠시만 멈추었다가 다시 걸었다. 가끔 걸음을 멈추면 바람이 얼굴에 느껴져왔다. 계속해서 걸어라, 하는 듯이.

그렇게 계속 걸었다. 지금은 바람이 어디서 불어오는지도 잊어버린 채 그저 걸어갈 뿐이다. 이제는 멈추어도 바람이 불어온다. 이렇게 시간이, 바람처럼 흘러 내 등을 밀어낸다. 이제는 조금 더 빨리 걸어야 한다고 나를 재촉한다.

의무도 자격도 없는 여정. 약속도 기약도 할 수 없는 마음들. 생각지도 못한 것들이 시간 속에 겹겹이 쌓였다. 삶에서 진정으로 충만한 시절은 어느 정도의 비율일까. 이제껏 계획 없이 걸어온 길을 돌아보니, 이제 내 앞에 보이는 건 겨우 단 두 갈래 길 정도뿐. 이 길 끝엔 과연 무엇이 있을까.

그 끝을 보는 게 두려운 걸까.
이젠 걸음을 멈추어야 한다는 게 두려운 걸까.

여기서는 하루가 흐르는 소리가 들린다. 조용하고 차분한 동네. 델리와는 달리 선선하다 못해 약간 서늘한 산골 마을 마날리. 숙소 주인 방에서 꼬질꼬질한 개 한 마리가 나와 발밑에 웅크린다. 길가에는 소와 양들이 여유롭게 늘어져 있다. 윤카페의 정원에서는 차이를 마시거나 수리야가 따주는 사과를 소매로 닦아 먹거나 이름 모를 풀들을 보면서 여행자들과 농담 섞인 이야기를 나눴다. 갑자기 빗방울이 떨어진다. 촉촉하게 내리는 비에 정원의 사과나무가 붉게 물든다. 해바라기가 비에 젖어 고개를 숙이고, 발이 촉촉하게 젖을 때쯤에야 명순 언니는 부랴부랴 아이들을 불러 식탁 위 파라솔을 펼치고 아차, 하며 널어놓은 빨래를 걷으러 올라간다.

때론 하루에 한두 번
빗방울이 내려치다가
또 햇살이 들고
해가지고
만드서
허가쁠까.

세상사람 모두가
여행자다,
사설 머무는 곳도
그저 스쳐가는 곳이 되어
그곳에 있었다는
것만으로도
삶의 한부분이 되는,
되돌아올수없더라도.

마음놓고 머물곳이라면
정원이 있는곳에서 살고싶다,
어린아이가
뛰어놀수있고
하루에두세번
밥냄새가
어울리는.

(우리야
뭐하니?)
해

손을 뻗어 닿는곳에 비록
없었더라도
그것을 바라보면서 나는
얼마나 행복해했 었는지.
기억을 끄집어내 본다.
손끝에 만져지는 게 있다.

여름.

인도. 마날리
찰털. 아선넘일연

낯선 곳에 찾아와서 원래부터 이곳에 있었다는 듯 지낸다. 시간도 할 일도 정해놓지 않는다. 무얼 하고 무얼 느낄지 그냥 알게 된다. 느리게 보고, 느리게 느끼고, 느리게 살자. 자극을 즐기기보다는 조금씩 젖어들 듯 받아들이며 담아낼 수 있게. 이 풍경들이 녹아날 수 있도록.

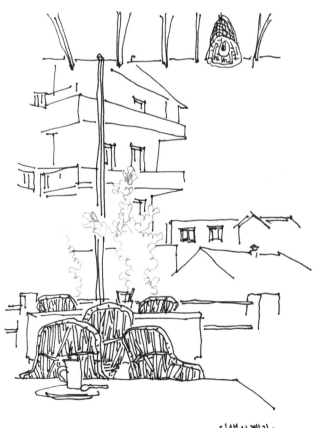

인생의 페기.

그렇게 머물 듯이 살아간다. 나는 더욱더 낡고 단단해진다.
의심스러우리만치 지나친 평화. 그리운 이의 얼굴이 무뎌져간다.

편지를 썼다.
오래전에 이곳에 왔었다던 누군가가
정말로 행복하고 그리운 얼굴로 내게 인도 이야기를 들려줬었다.
이제는 내가 누군가에게 나의 이야기를 들려주겠지.

사실 세상 사람 모두가 여행자고, 모두 여행 중일지도 모른다. 오래 머무르던 곳
도 스쳐 지나던 곳도 별반 다르지 않다. 그곳에 있었다는 것만으로 삶의 한 부분
이 된다. 비록 그곳에 다시 돌아갈 수 없더라도.

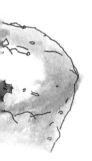

라다크로 가는 길은 험난하다. 마치 하늘로 올라가는 것 같은,
낡은 차를 타고 하루 넘어 이틀을 꼬박 가는 여정.
저 위에 대체 뭐가 있는지 모르겠지만 그래도 가보는 거다.
헬레나 노르베리-호지의 책, 《오래된 미래》의 장소에
꼭 가보고 싶었다.

아,
거기엔 이건 정말 말도 안 되는,
진짜 처음 보는,
언제나 그곳에 존재했지만
살아 생전 한 번도 본 적 없던,
반짝반짝 반짝이는 별들이
온통 빼곡하게 들어찬
우주가 보였다.

오래된 곳,
라다크의 도시 '레'에 도착했다.

몇 년 전 《월든》과 함께 곱씹으며 정독한 책 《오래된 미래》는 나에게 큰 영향을 준 책이었다. 언어학자인 헬레나 노르베리-호지가 라다크어 연구를 위해 라다크 북부를 방문했다가, 고유한 언어와 문화, 전통과 삶의 방식을 지켜내며 살아가는 모습에 큰 영감을 받아 그들의 삶을 기록했다. 또한 서양 문화와 가치관이 유입되면서 그들의 삶과 공동체가 어떻게 파괴되어 가는지를 알리며 사회 운동가로서 전 세계에 걸쳐 활동했다. 나 또한 사회에 매몰되고 있다는 기분을 떨치지 못했던 당시, 《오래된 미래》를 읽고 많은 의문과 호기심을 느꼈고 언젠가는 꼭 한 번 라다크에 가보고 싶다고 생각했었다.

시간을 재는 경우에도 느슨하고 여유롭게 잰다. 1분 단위로 시간을 측정할 필요가 전혀 없기 때문이다. 라다크 사람들은 "내일 낮에 찾아올게" 혹은 "저녁쯤 찾아올게"라고 말하는 경우가 많은데 시간에 대해 넉넉한 여유를 남겨놓은 것이다. 라다크 사람들의 언어에는 시간을 나타내는 아름다운 표현들이 많이 있다. '공그로트'는 '어두워진 다음부터 잠잘 시간까지'라는 뜻이고 '나이체'는 '해가 산 꼭대기에 걸려 있는 한낮'을 말한다.

헬레나 노르베리-호지,《오래된 미래》

내가 제일 좋아하는 단어 중 하나인 '공그로트'를 떠올리며 찾아간 라다크는 그저 여행자들의 도시였다. 책에서 읽었던 라다크 사람들만의 전통과 문화 같은 것은 상업적으로 포장되어 기념품처럼 되어버렸고, 여기서도 일분일초가 투어와 미식 등으로 바삐 흘러가고 있었다.

라다크에서 머문 숙소는 맥파이 할머니의 집이었다.
한국 사람들이 여럿 찾아오는 라다크 전통 가옥이었는데,
가격이 저렴하고 할머니가 다정해서 인기가 많았다.

그러던 어느 날, 방 창문으로 우연히 내려다본 장면이 오래오래 내 가슴속에 남는 순간이 되었다. 언제나 소녀 같은 얼굴로 웃으며 서툰 영어로 반겨주는 할머니가, 자기 집 대문 뒤로 숨은 듯 거리를 내다보며 화려한 장비와 스포츠 웨어로 치장한 관광객들을 한참이나 지그시 바라보던, 이상하게 슬프고 아프던 그 뒷모습. 이곳에서 태어나 한평생 살아가며 라다크의 처음과 지금을 지켜보는 할머니는 어떤 생각을 했을까. 그의 어린 시절 라다크는 어떤 풍경이었을까.

레 메인스트릿
티벳음식점에서먹은.

그들의 삶을 동경하고 궁금해하는 나 또한,
그저 그들의 세상에 침범한 이방인이자 관광객일 뿐이었다.

인도와 티베트 사이의 작은 마을, 바시시트에는 일본 아가씨와 인도 청년이 만나 귀여운 딸과 함께 살고 있다. 305번 방을 빌렸다. 홀로 지내기에 적당한 작은 방에 낡은 이불을 깔고 낡은 책들을 읽는다.

아무도 찾아오지 않는 구석진 방에 머물며 적은 양의 밥을 먹고 차를 마시며 멍하니 먼 산을 바라본다. 가끔 새들이 찾아와 남겨둔 빵조각을 먹고 간다. 비가 오는 날이면 떠돌이 강아지가 와서 문을 두드린다. 동화 같은 이야기다.

매일 밤 잠들기 전에 촛불 하나를 켜둔다. 촛불이 타는 모습을 지켜보는 게 좋다. 시간이 흐르는 모습을 지켜본다. 점점 말이 없어진다. 말을 할 필요가 없다. 말을 건넬 사람도, 말을 들어줄 사람도 없어서가 아니다. 혼자 생각하고, 삶이 흘러가는 것을 느껴볼 뿐이다. 어렴풋이 생각나는 얼굴들이 있다.

그리운 것은 시간을 따라 흐르지 않고 남아 있다. 나를 비우고 오늘을 살면 행복한 삶을 산다고 하는데, 과거의 그리움을 꾸역꾸역 마음 깊숙이 담아놓는 내가 쓸쓸해 보일지언정 아직은 그러고 싶다. 비울 수도 잊을 수도 없는 소중한 기억과 그리운 얼굴. 그 때문에 울고 울었던 시간. 또다시 울고 웃을 수 있기를 바라며 가만히, 시간을 놓아둔다.

때로는 작은 방 안에서 커다란 세상을 들여다본다.

315

나는 누구인지 무엇을 원하는지 여전히 알 수 없는 것 투성이시만
그래도 이제는 어렴풋이, 알 것 같기도 하다.

매일 잠이 들고 잠이 깨는 하루하루가 어쩌면 잠시 죽었다가 다시 살아나는 것만 같았다. 나는 정말 이십몇 년간 살아온 것이 맞을까. 깨어 있지 않고 그저 눈뜬 채로 잠들어 있던 것은 아니었는지 하는 의심이 든다. 생각한 대로 행동한 것이 아니라 살아지는 대로 의식해왔던 것은 아니었는지. 무얼 하고 무엇을 먹고 무엇을 생각하는지, 제대로 알려고 한 적은 있었을까.

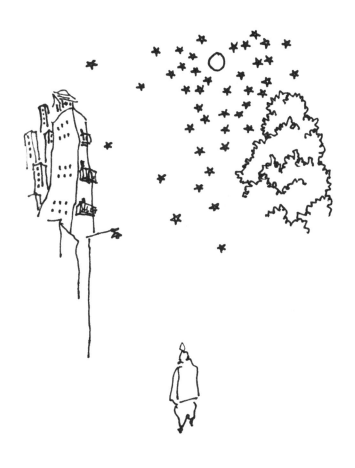

죽고 싶다는 생각이 든 건 아니다.
오히려 절실하게 더 제대로 살고 싶어졌다.

몸에 글씨를 새겼다. 이 여행을 잊지 않으려고 새겨 넣
었다. 어디에 두어야 자주 보고 기억할 수 있을지 고민
하다가 언제나 볼 수 있는 위치, 세 가지 단어와 내 이
름의 뜻을 더한 글씨를 만들어 왼손 네 번째 손가락에
새겨 넣었다. 내 삶을 통틀어 이 시간들은 분명 잊을 수
없는 시절이 될 거다. 아니, 이미 그렇게 되고 말았다.

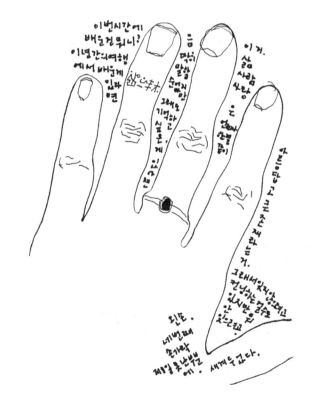

텅 비었던 방에 어느새 내 흔적들이 가득 찼다. 석류와 사과가 놓여 있고, 꽃은 시들었다. 옆방의 일본 친구들이 전해준 보석 같은 돌 조각과 초콜릿, 책에서 몇 구절을 베낀 종이가 벽에 붙어 있고 그리다가 만 미완성의 그림이 걸려 있다. 또다시 떠나는 날, 하나하나 정리하고 선물했다. 떠나는 이와 남겨진 이의 작별 인사. 모두가 언젠가는 이곳을 떠나겠지만.

나의 첫 떠남은 왜 그렇게나 어려웠을까,
기억조차 흐린 지난 시간.
그때는 몰랐던 것, 알 수 없었던 것.
그래도 그때는 떠나야만 했다.
이후로 2년 가까이 시간이 지났지만,
나는 아직도 어딘가에 있다.
떠남도 도착도 같은, 언제나 진행 중인 여행자로서.

가방과 옷은 낡고 손과 발은 온통 상처투성이다.
대체 세상은 내게 무엇을 알려주고 싶은 걸까.
난 이 여행에서 무엇을 얻고 무엇을 잃었을까.
세상이 나에게 보여주고 싶은 것이 얼마나 대단한 것이었길래 내 삶을 담보로 하여 그리도 어렵고 힘든 시간을 살아야만 했는지, 언젠가는 알 수 있을까.

Where are you from.

Where do you go.

다시 마을을 떠나,
낡은 기차를 타고 바라나시로 간다.

인도 바라나시에는 사람과 짐승의 시체가 흩어져 있다.
죽음이라는 말이 와닿지 않을 만큼 그냥 덩어리져 있다.
지금의 나도 죽고 나면 저 흙먼지처럼 뒹굴겠지.

이제는 거적때기가 다 되어가는 낡은 옷을 입고
맨발로 길을 걷는다.

나는 그 어디에나 머물 수 있었다.
모든 곳이 나의 집이고, 나의 땅이었다.
머물 수 있다면 그곳이 내가 있어야 할 곳이었다.
그 무엇이든 먹을 수 있다면 감사했고,
그 누구라도 곁에 있다면 나의 친구였다.

. . .

너와 숙소 옥상에서 함께 바라나시의 갠지스강을 바라
보았다. 너는 조용해 보이지만 강하고 유쾌한 사람이
다. 자주 마주치던 우리는 언젠가부터 늘 같이 있게 되
었다. 손을 잡고 골목골목을 돌아다니거나 블루라씨를
먹으러 가곤 한다. 달콤하고 말랑말랑한 날들이 이어
졌다. 바라나시는 매우 덥고 습했지만, 너를 안으면 기
분 좋은 온기에 마음이 놓인다.

사람과 사람이 만나 말도 안 되는 사건 사고와 수많은
감정에 흔들리는, 그렇게 말도 많고 탈도 많은 게 사랑
이라서 나는 사랑이 무서웠다. 그래도 다시 손을 잡고
어깨를 어루만지고 얼굴을 비스듬히 기댈 수 있기를
바랐다. 손을 잡으면 온기가 전해지고 그 온기가 찻잔
속에 찰랑찰랑 담겨서 넘치지 않게 담아두면 그대가
가만히 두 손으로 감싸주기를. 그러면 내 안에 담긴 따
스한 것들을 한두 모금 마시게 해줄 텐데. 그런 마음을
숨겨두었던 여행의 막바지에서 그 사람을 만났다.

단 한 번도 사랑한다 말하지는 않았지만,
너와 내가 우리라는 사실이 조금씩 당연해져간다.

이제야 돌아가야겠다고 마음먹었는데,
문득 이대로 시간이 멈추면 좋겠다고 생각했다.

Nepal

네팔

사랑이라는 게 세상에 존재했다.
네가 내 손을 꽉 잡아주어서였는지도.

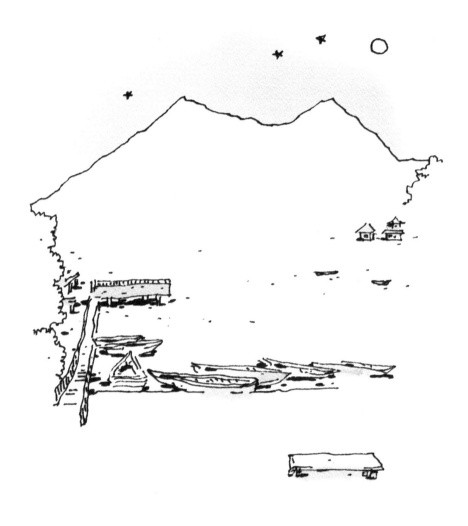

인도에서 국경을 넘어 네팔로 왔다. 처음으로 혼자 떠나지 않는 여정. 별이 빛나고 있다던가, 강물이 흐르고 있다던가, 시간이 빠르게 지나간다던가 그런 이야기를 나눌 수 있다. 하루의 시작부터 끝까지 네가 내 곁에 있다.

산 아래의 작은 마을 포카라.
눈 덮인 산이 한눈에 보이는 옥탑방이 우리의 집이 되었다.

아침으로는 오믈렛 샌드위치를 먹고 커다란 아이스 커피와 과일 주스를 먹으며

아무 계획 없이 걷는다.

방에는 가끔 새가 날아 들어왔다.

새의 날갯짓과 노래를 가만히 지켜본다.

우리는 앞으로 어떻게 될까.

나는 어떻게 해야 할까.

길고 긴 여행의 마지막에 사랑을 찾는 것은 너무나 뻔한 이야기다. 나는 어떤 결말을 원했던 거지? 뭘 찾고 싶었던 걸까? 이 여행을 통해 뭘 알고 싶었던 걸까.

사실 삶이란 게 뻔한 것일지도 모른다. 결국 우리는 혼자가 아니기 위해 홀로 떠나고, 마음을 나눌 누군가를 찾으며 세상을 방황하는지도 모른다. 그에게 사랑한다는 말 대신에 지구를 한 바퀴 돌아 당신을 찾았다는 고백을 하고 싶었다. 이것이 찰나이든 영원이든 상관없다. 삶의 모든 것에 정답이란 없다는 것을, 이제는 안다.

"나는 여전히 여행 중이야. 이젠 다 끝내야 할 것 같았는데 생각지도 못한 일이 생겨서 조금 더 있고 싶어졌어. 이미 돈도 떨어지고 몸도 지쳤지만, 곁에 있는 이 사람이 참 다정하고 따뜻해서 그간의 모든 긴장이 풀린 듯 자주 어린아이 같은 기분이 돼. 누군가에게 기댈 수 있다는 게 낯설어. 이미 2년 동안 내 젊음에 너무 많은 빚을 지며 방황한 것을 알지만, 염치없게도 아무 생각 없이 이렇게 살고 싶다는 마음마저 들어. 하지만 결국 여행을 끝내고 돌아가야 하겠지. 잘 알고 있어. 그때까지만, 이 사랑을 조금만 만끽할게. 보고 싶구나, 친구야. 곧 만나서 길고 긴 이야기를 나누자."

친구에게 편지를 썼다.

분명 2년 전 나는, 절대로 돌아오지 않겠다고 결심했었다. 하지만 정말 모든 걸 버리고 떠났던 것일까. 어리고 여렸던 나 자신에게서 도망친 것은 아니었을까. 이렇게 수많은 땅을 밟고, 셀 수 없이 많은 일을 겪고, 온 세상 사람들을 만나며 나를 들여다보고 나서야 깨닫는다.

절대 짧지 않았던, 정말 쉽지 않았던 지난 여정을 되돌아본다. 모든 게 불행인 동시에 행복이었다. 우연이면서 필연이었고, 찰나이면서 영원이었다. 두려움은 경험이 되고 고통은 배움이 되었다. 어디에서나 잠들 수 있고 아무리 소박한 것이든 감사히 먹고 마시며 하루하루 생존했다. 투정 부릴 틈 없이 나 자신 하나만을 지키기 위해 싸웠다. 나는 내 기대보다 훨씬 더 강하고 깊은 마음을 가진 사람이었다.

이 여행을 하면서 수없이 많은 질문을 던졌지만,
내가 찾아 헤매던 모든 것이 내 안에 있었다.
그리고 그걸 찾아낼 수 있는 건 결국 나 자신뿐이었다.

버리듯 놓아두고 온 사소한 하루들과 사람들을 떠올린다. 보잘것없이 느껴지던 보통의 일상이 사실은 얼마나 소중한 것이었는가. 별것 아닌 일상도 여행과 별반 다를 바 없다. 매일 누군가를 만나고 무엇을 먹고 잠이 드는 하루하루가 살아 있다는 증거다. 그게 어디든 상관없다. 내가 소중히 여길 수만 있다면 외로움도, 상처도, 허전함도 모두 삶의 한 부분일 뿐이다. 나의 책임은 삶의 흐름을 받아들이고 자신을 지켜내는 것. 결코 나를 포기하지 않는 것. 그 어떤 세상에서도 나 자신을 위해 살 수 있다는 믿음. 그건 결국 내가 떠나온 그곳에서도 분명 살아갈 수 있다는 것.

이제는 돌아가고 싶다.
이제는 돌아갈 수 있다.
이제는 살아갈 이유가 생겼다.
이제는 어디서든 살아갈 수 있다.
다시 돌아가기로 했다.

Seoul

서울, 2012

세계여행을 다녀왔다고 해서 대단하게 바뀐 것은 없었다.
명예도, 훈장도 없는 개인적인 나의 기록일 뿐이다.

한동안 서울과 제주를 오가며 지냈다. 내 집 없이 사는 게 3년쯤 되었지만, 상관없었다. 어디서도 내가 나라는 것에는 변함이 없다는 걸 알기 때문이었다.

몇 달간 아르바이트를 해서 보증금을 모아 작은 옥탑방을 구했다. 살던 그 동네로 돌아왔지만, 예전과는 달랐다. 그립던 사람들은 거의 만나지 못했고 자주 가던 카페들은 흔적도 없이 사라졌다. 친구들은 결혼을 했거나 직장을 다니며 바쁘게 살고 있었고 여행에서 만났던 사람들도 소식을 알 수 없었다.

그와 헤어졌고 혼자가 되었지만, 외로움에 울지는 않았다. 하루하루 바쁘게 살다 보니 집에는 물건들이 쌓이고 아끼는 것들이 늘어갔다. 작은 고양이와 함께 살게 되었고 세상 그 무엇보다 소중하게 느껴졌다. 이제는 또다시 떠나기 어려워졌다는 사실을 깨닫는다.

가진 것이 없어 어디든 떠날 수 있던 때가 있었다.

초라하고 가난한 모습으로 자유롭게 세상을 떠돌던 때가 있었다. 사랑을 하고, 사람을 떠나보내고, 외로움을 견뎌내며 앞으로 나아가던 때가 있었다.

아름답고 멋진 풍경들을 바라보며 눈물지을 때가 있었다. 낯설고 험한 곳을 내 몸뚱어리 하나만으로도 당당하게 헤쳐나가던 때가 있었다. 오직 나 자신만을 위해 살아봤던 그런 시간이 있었다. 나는 분명히, 그때 그곳에서 아주 예쁜 모습으로 웃고 있었다.

돌아오지 않겠다고 떠났었지만, 결국은 돌아와 2년 동안의 공백이 없었던 양 비슷한 삶을 이어가고 있다. 다시 돌아와 보니 여전히 어렵고 막막한 곳임은 변함이 없었다. 하지만 그때의 나를 떠올리면 이상하리만큼 용기가 생기고 힘이 난다. 여전히 상처받을지언정 이젠 상처를 치유하는 법을 안다. 진심을 담아 대화를 나눌 수 있게 되었고 누군가를 사랑할 수 있게 되었다. 삶을 이해하려 노력하고 조금 가진 것만으로도 많이 누리는 법을 알게 되었다.

'3호선 버터플라이'의 공연을 보던 날, 〈스물아홉 문득〉이라는 노래를 듣고 눈물이 났다. "뛰었었지, 아주 빠르게. 지금은 난 더 빨리 걸을 수 있어"라는 노랫말처럼, 나는 조금 더 요령이 생긴 것 같다.

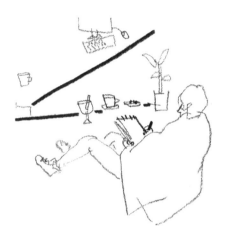

충분하지 않다. 하지만,
행복하다고 생각한다.
다시 나는,
이곳에서 살아가고 있다.

에
필
로
그

2025년, 서울

13년이 지나고 다시 이야기를 하려고 하니, 고민이 된다. 어떤 말을 해야 할까. 사람들은 어떤 후일담을 궁금해할까. 세계 여행을 하면 어떤 기분인지, 이후에 뭐가 바뀌었는지, 그 계기로 작가가 되는 방법은 뭐였는지 같은 걸 써야 할까. 제일 많이 들었던 질문인 경비가 얼마나 들었는지, 제일 좋았던 여행지는 어디였는지에 대한 답변을 남겨둬야 할까, 인터뷰에서 하고 또 했던 말들이지만 더 구체적으로 솔직하게 남겨볼까… 이렇게 여러 생각을 하느라 에필로그를 쓰는 게 제일 더디고 어려웠다.

하지만 이 책을 첫 장부터 지금의 페이지까지 온전히 읽은 당신이, 오래전 《나는 아주, 예쁘게 웃었다》를 이미 읽었음에도 다시 이 책을 펼친 당신이 내게 기대하는 것은 그런 이야기가 아닐 것이다. 왜 떠나야만 했고 어떻게 다시 돌아왔는지에 대한 긴 이야기를 잘 들어주었다면 말이다.

사실 위에 나열한 '제일 많이 듣는 질문 베스트 3'의 반 이상은 책을 읽지 않은 사람들의 질문이었다. 세계 여행을 다녀왔고 여행 에세이를 냈다는 말에, 프리랜서로 10년 넘게 일하고 있음에, 책을 다섯 권 내고 개정판까지 나온다는 것에 이어지는 궁금함과 호기심. 사람들에게 나는 '세계 여행'과 '책을 낸 저자'라는, 한 번쯤은 꿈꿨을 법한 환상 속 버킷리스트 같은 것을 두 개나 해낸 사람으로 보였을까.

분명히 말하고 싶다. '세계 여행'과 '책 출간'을 인생의 목표로 삼지 마라. 단언코 이것만큼은 확실하게 말할 수 있다. 나는 그런 목표나 꿈을 가져본 적이 없다. 애초에 여행을 계획한 것이 아니었고 지금의 나를 상상해 본 적도 없었다. 그저 내가 원하는 것이 무엇인지, 어떻게 살아야 할지를 계속 고민하다 보니 지금의 나에게로 흘러왔다. 기대를 가지지 말라는 것은 아니다. 그 시절에 대해 단 한 치의 후회도 없을 만큼 나는 많은 것을 얻었다. 그때의 내가 떠날 용기를 내지 않았더라면 결코 지금의 나는 존재하지 않았을 것이다.

다만 삶은 계속 이어진다. 세계 여행을 하고 책을 내도 인생은 계속 백지 속으로 달려갔다. 자기 연민 혹은 영광에 빠져 과거에 매달린 채 늙어가는 것만큼 끔찍한 내일은 없다고 생각했기에, 생계를 이어나가려 성실히 돈을 벌고 일상을 돌보며 현재를 살았다. 부족한 것은 부족한 대로 받아들이되, 노력을 통해 성장하기를 기대했다. 그렇지 않으면 그토록 치열하게 살았던 그때의 나에게 부끄러울 것 같았다.

10년 치 사건과 감정을 한꺼번에 겪은 것만 같은 2년의 시간과는 달리, 사는 곳에서의 1년은 별 달라진 것도 없이 햇수만 넘어갔고 어느새 12년이 지났다. 스마트폰과 SNS가 모든 경험을 대변하는 2024년에 종이 색마저 바랜 십여 년 전의 스케치북을 다시 뒤적였다. 컴퓨터로 그리는 지금과 다른 수작업, 첫 책에 실리지 않은 미공개 채색 그림, 하나하나 눌러쓴 손 글씨 메모들 … 10년 넘게 방 한구석 서랍 속에 묻혀 있었는데도, 여전히 생생한 기록이었다. 심지어 페이지마다 여행지의 향기가 남아 있는 기분이 들었다. 자칫 추억이나 연민으로만 보게 될까 봐 타인의 시선에서 보려고 했는데, 굳이 그러지 않아도 그림 속 봉현이 조금은 낯설게 느껴졌다. 철없고 무모한 행동에 얼굴이 붉어지기도 했고 지금보다 더 나은 통찰력에 감탄하기도 했다. 눈시울이 붉어지기도 했다. 그때의 내가 너무 짠해서. 이렇게 고생했었구나, 외롭고 힘들었구나. 동시에 대견하고 기특했다. 어쩜 이렇게 자유롭고 용기 있게 살았을까. 그랬었구나, 그랬었지.

지금의 나는 어떠한가, 다시 한번 똑같은 방식으로 묻고 답하기 위해 2024년, 3번째 산티아고를 걸으러 갔다. 같은 길이 아닌 포르투로부터 시작하는 길을 2주간 걸었다. 나이가 들어 떨어진 체력을 걱정했지만, 다행히 나는 아직 건강하고 튼튼했고, 좋은 친구들을 많이 사귀었으며 아름다운 풍경을 가득 마주했다. 경험자의 수월함과, 경제적 넉넉함, 정서적 여유로움을 지닌 채 카미노 길을 걷는 내가 신기했다. 그 길은 시대의 흐름에 따라 어쩔 수 없이 달라지긴 했지만 본질적으로는 똑같았다. 또 한 번 마주한 산티아고 대성당은 여전한 모습이었다. 그곳에서 며칠간 머물며 오래전 나의 산티아고 일기를, 내 책을 읽곤 했다.

그때와 완전히 다른 게 하나 있다면 걷는 동안 그림을 한 장도 그리지 않았다는 것이다. 준비는 해갔는데 결국 빈 스케치북 그대로 가지고 돌아왔다. 사진을 찍어 SNS에 올리기도 했지만 그마저도 귀찮아서 그만두었다. 오직 걸었다. 그때처럼 무거운 배낭을 메고, 바람이 불어오는 곳으로, 화살표를 따라 내 두 발로 길을 걸었다.

간절하지 않았다. 서른일곱의 나는 그림을 그려 나를 증명할 필요가 없었다. 아니 증명하려고 하지 않았다. 나 스스로 내가 이곳에 있음을 온전히 느꼈다. 내가 여기에 있음을 아무도 몰라줘도, 내 경험에 아무런 증거가 남지 않아도 상관없었다. 그 순간만으로 충분하고 충만했다.

지난 나의 기록을 보면서 참 자유롭게 살았다고 생각

했는데, 아니었을지도 모르겠다. 그때의 나는 여기 내가 있다고, 나 좀 알아달라고, 잘 살고 싶은데 어떻게 살아야 할지 모르겠다고… 그림을 그림으로써 끊임없이 세상에 나의 존재를 알리고 싶었는지도 모른다. 스물 몇 권의 스케치북 모든 페이지마다 내 모습이 그려져 있다. 사진을 찍어줄 사람도 없고, 이렇게 하지 않으면 다 없었던 일이 되어버릴까 봐 스스로 증거를 남긴 건 아니었을까. 그때 그곳에 분명 내가 있었음을, 아무리 힘들고 외로워도 계속 살아보려 했음을.

이야기를 남긴다는 것은 그런 것일지도 모르겠다. 존재를 끊임없이 증명하는 것. 이 책을 읽은 독자는 나의 증인이 되고, 당신은 내 이야기를 듣고 또 다른 방식으로 세상에 흔적을 남긴다. 나 또한 누군가의 증인이 되고 우리는 서로의 존재를 재확인한다. 결코 혼자가 아님을 깨닫는다. 서로의 삶을 들여다보며 함께 살아간다.

나는 사실 청춘이라는 말이 싫었다. 첫 책이 나왔을 당시 마케팅이든 이유가 뭐든, '청춘의 경험'이라며 낭만적으로 포장되는 게 싫었다. 어리고 젊으니까 그럴 수 있었다는 말로 넘기기에 그때의 나는 지금까지 살아온 그 어떤 때보다 가장 삶에 진지했다. '당신의 청춘을 빌려 여러 경험을 쌓으세요' 라는 오만한 조언 따위가 누군가에게 팔리는 것도 싫다. 이 책을 통해 당신께 전한 내 여행담은 결코 그런 이야기가 아니다. 시기와 나이는 중요치 않다. 누구나 자신만의 치열했던 순간과 가장 반짝이던 시절이 있을 것이다. 모든 사람에게 있는 그 한 시절은 그 누구도, 그 어떤 단어로도 단언할 수 없는 제각각의 인생이라 생각한다.

서른일곱의 나는 더 이상 떠나고 싶다고 생각하지 않게 되었다. 이곳에서 잘 살고 싶고, 소중한 이들과 계속 함께 하고 싶다. 가끔 어딘가로 가더라도 그건 도망치는 것이 아니다. 결국 나는 다시 돌아올 것이다. 지금의 내게는 책임져야 할 것이 있고, 그것을 지켜낼 힘과 의지가 있으며, 도망치지 않을 용기가 있다. 역사가 반복되듯 그때도 지금도 여전히 세상은 이해할 수 없는 일투성이다. 어떤 사회에도 불합리와 혐오가 존재하고 어떤 장소에서도 걱정과 불안은 있음을 이제는 안다. 하지만 그 속에서도 내가 망가지지 않았던 건, 결국 사람들의 다정함과 이름 모를 친절 때문이었다. 일상의 평범함과 사소한 즐거움 때문이었다. 햇살의 따스함과 푸른 밤의 적막 때문이었다. 잠에서 깨고 잠이 들기까지 혼자 걷던 내 주위를 둘러싼 수많은 것들이 조용히 나를 지켜주었다. 나는 그런 세상을 지키고 싶다. 계속 그런 기록을 남기는 사람이고 싶다.

지금 어디선가 그때의 나처럼 방황하고 있을 누군가에게, 내 이야기를 들려주고 싶다. 나는 나를 잃어버리고 나를 찾아 떠났었기에, 결국 나 자신을 찾아낼 수 있었다고. 떠나고 싶다면 언제든 당신의 결정에 따르길, 다시 돌아가고 싶다면 절대 두려워 말길. 무엇보다 어디서든 당신이기를 바란다고.

2025년 서울에서, 봉현

그럼에도 나는, 아주 예쁘게 웃었다。

1판 1쇄 인쇄 2025. 3. 31.
1판 1쇄 발행 2025. 4. 10.

지은이 봉현

발행인 박강휘
편집 김애리 디자인 박주희 마케팅 이서연 홍보 박은경·이아연
발행처 김영사

등록 1979년 5월 17일 (제406-2003-036호)
주소 경기도 파주시 문발로 197(문발동) 우편번호 10881
전화 마케팅부 031)955-3100 편집부 031)955-320
팩스 031)955-3111

값은 뒤표지에 있습니다.
ISBN 979-11-7332-154-2 03810

홈페이지 www.gimmyoung.com
블로그 blog.naver.com/gybook
인스타그램 instagram.com/gimmyoung
이메일 bestbook@gimmyoung.com

좋은 독자가 좋은 책을 만듭니다.
김영사는 독자 여러분의 의견에 항상 귀 기울이고 있습니다.